ヤクザに花《はな》束《たば》

妃《ひめ》川《かわ》 螢《ほたる》
ILLUSTRATION：小《お》椋《ぐら》ムク

ヤクザに花束

LYNX ROMANCE

CONTENTS

ヤクザに花束

プロローグ

都心から車で一時間ほどとは思えない、風光明媚《ふうこうめいび》な小高い山の斜面にひらかれた故人が眠る場所には、常に線香の香りが漂っている。

この地に長い歴史を持つ寺に隣接する土地ゆえに、凛と引き締まった空気を感じる。山の木々は生命力に溢《あふ》れ、なのに人を包み込む懐の広い気を放っている。

青い空には、一筋の雲。

上空を、鳶《とんび》が高い声で鳴きながら旋回している。

まだ新しい墓石の前に佇《たたず》む長身の男の手には、この場に不似合いにも思えるカラフルな花束があった。

ピンクを基調に、淡いブルーやパープル、オレンジなど、可憐《かれん》な色調の可愛らしい花々が、ともすれば子どもっぽくなりがちなところを、添えられた葉物やリボンなどの選び方によって、上品にまとめられている。フローリストのセンスの良さがひかる花は、ここへ来る途中の商店街の外れに見つけた小さな花屋で買い求めたものだ。

その花を供《そな》え、線香に火を灯《とも》す。

「いつもと雰囲気が違うか？　でもおまえは、こういう可愛らしいものが好きだったろう？」

いつもの店で用意ができずたまたま立ち寄った店だったが、思いがけず故人のイメージに沿う花を用意することができた。墓前に供えるためと伝えなかったにもかかわらず、故人のイメージを会話のなかからさぐりだし花束に表した店員に、次の機会があれば礼を言わなければな……と、言葉をつづける。

一目で誂《あつら》えとわかる上質なスリーピーススーツにフレームレスの眼鏡、その奥の瞳には鋭い光と同時に、深い悲しみの色が滲《にじ》む。

花束に目を落とし、眠るひとに言葉をかける、男の声音《こわね》は、研ぎ澄まされた鋭さを感じさせる外見に似合わず、ひどくやさしい。

「ようやくおまえの仇《かたき》を打つことができた。すまんな、巻き込んでしまって」

絞り出された声は、さきほどまでの穏やかさとは裏腹、苦い色を滲ませ、濃い後悔と哀しみとに濡れている。

「三回忌か……こんなにかかるとはな、我ながら情けない」

もっと早くに、ケリをつけられるはずが思いがけず時間がかかったのは、正当な手段を用いることにこだわったためだ。

「心配するな、無茶はしていない。峻音《たかね》がいるからな」

ちゃんと法に則って裁かれるように仕向けたさ……と、口元に苦い笑みを浮かべる。そこへ「本当はこの手で地獄へ送ってやりたかったがな」と、いくらか茶化した口調で本音を足した。

「今度は、峻音を連れてくる。今日だけは、勘弁してくれ」

物騒な報告に、無垢な子どもを付き合わせるわけにはいかない。

「今日だけは、おまえとふたりで話したかった」

ケジメをつけた報告は、自分ひとりでと以前から決めていた。それが今日、ようやくかなった。

「許してくれとは言えないが、峻音だけは何があっても守ると約束する」

だから見守っていてくれ。

天を仰いで呟《つぶや》く。

温かな風が吹き抜ける。

雲が流れた青い空に、鳶の高い鳴き声が再び響いた。

1

花屋の朝は早い。

毎日市場に仕入れに行くわけではないが、新商品の仕入れのない日でも、開店まえにすべき準備は多い。

木野宮悠宇《きのみやゆう》は、いずれ自分の店を持つべく修行中の身の花屋店員だ。最近ではフローリストなんて小洒落《こじゃれ》た横文字が使われることも多いが、花屋は花屋だと思っている。

というのも、悠宇自身が、花屋を営む両親の背中を見て育ったためだ。悠宇の両親は、亡くなる以前、今現在悠宇が働く店からさほど遠くない町外れで花屋を営んでいた。

冷蔵管理が必要な高級花から、テーブルを飾る小ぶりなアレンジメントフラワーまで、価格帯も目的もさまざまな商品を、花の特性を理解した上で扱い、客の希望に応じて花束や花籠《かご》をつくる。

体力はもちろん、何よりセンスがモノを言う仕事だ。

最近では、有名な華道家がテレビ番組に頻繁に登場するのもあってか、注目を浴びることも多い職種だが、自分の店を持てるようになるまでには、それなりの修行期間を要する。駅ビルなどにチェーン展開する有名店では、マニュアル化され誰が作っても同じアレンジメントになるように店員教育されると聞くが、悠宇はそういうやり方に魅力を感じられず、ちょうど父の友人でもあった同業者からうちで働かないかと声をかけてもらったのもあり、個人経営の店に就職を決めた。それが今現在働く、《ナチュラル・ブーケ》だ。

「やまないなぁ……」

店名の刷り込まれた一枚ガラス越しに外を見やって呟く。「お客もこないし」と、ついでに軽い愚痴も零《こぼ》してみる。

いつもなら一日中コンスタントに来客のある店だが、今日は別だった。朝からの土砂降りに加え、季節が一足飛びに秋に進んだかのような低気温。軒先に花を並べられず、店頭の景色がいつもより寂しい。閑古鳥もいいところだ。

少し前に常連の男性客が、たぶん墓前に供えるのだろう、花を買い求めていっただけ。その後客の姿がない。

毎月十八日。

同じ日に花を買い求めに来る、たぶん三十代半ばから後半だろうエグゼクティブ風の紳士だ。

毎月同じ日、というあたりから、悠宇は月命日の墓参りだろうとアテをつけているのだが、実際のところは知らない。あまりに暇で、いつもはできない細部のかたづけや掃除までしながら、件《くだん》の客とのやりとりを思い起こす。

やりとりといっても、「花を」との注文に、悠宇は入荷しているものの中から極力旬の花を選んで、当初に聞いた「可愛らしい雰囲気で」というオーダーから外れないアレンジメントを提案し、客の紳士がそれに頷《うなず》く、というだけにすぎない。

紳士は多くを語らず、悠宇は多くを聞かない。

それでも、月に一度の客は、その風貌も相まって、印象強く、悠宇のなかでは少しだけほかの常連客とは違う位置付けになっていた。

大雪だろうが台風だろうが、毎月十八日に男性客はやってくる。

そして今日も、朝からの土砂降りの中、黒い傘をさして紳士は店を訪れた。

今月は雨風に強い花を選んで、いつもより少し落ち着いた雰囲気でまとめてみたけれど、気に入ってもらえただろうか。

先月は、とてもいいお天気の日だったから、可愛らしいパステルカラーの小花を中心に可憐な雰囲気の花束を作った。墓前花としてどうだろうかと思いながらの提案だったが、ここ一年ほどの間に、月一の常連となっている紳士は口元に笑みを浮かべて頷いてくれた。

少し行ったところに、歴史ある寺が建っている。たぶんそこの檀家だろう。寺に隣接した墓地に代々の墓があるに違いない。

悠宇の作ったアレンジメントは、今頃墓前で雨に濡れているだろうか。それでも、眠る人の癒しになってくれたらいいいと思う。

「なんて、全部僕の勝手な想像だけど」

店内があまりに寂しくて、声に出して呟いてしまう。店長は奥の事務所で、ここぞとばかりに事務仕事をかたづけているから、店には悠宇ひとりなのだ。

「招き猫飼いましょう、って提案しようかな」

もちろん、生きた招き猫だ。集客にも一役買ってくれると思うのだけれど。

「少し小降りになってきたかな」

祈るような気持ちで、店の入り口から空を見上げる。

このままやんでくれたら、帰宅時間帯に合わせて軒先にアレンジメントを並べて、少しは今日の売り上げを確保できるのに。

ため息をつきつつ、店内に戻ろうとしたときだった。

お隣の楽器店の店頭に、見慣れない色味を見たのは。

目の端に映ったそれは、ポップな色味の傘だった。小さい、子ども用の傘だ。

よく見ると、幼稚園児くらいの男の子が、楽器店のショーウインドウに飾られた最新モデルの電子ピアノにじっと見入っている。悠宇も気になっていた、高性能のモデルだ。

悠宇は、いずれ自分の店を持ちたいと奮闘する花屋店員だが、実は一時期音大を目指していた経歴を持っている。

結局それは、父母の他界によってなしえなかったが、母の希望を叶《かな》えたい気持ちで音大入学を目指していた、というのが実のところだったため、悠宇自身に未練はない。

未練はないが、ピアノを弾くのは、いまでも大好きだ。

だから、お隣の楽器店の店主とは仲良くさせてもらっていて、ときどき展示されているピアノを弾かせてもらっている。

男の子は、じっと電子ピアノを見やって、動かない。足元は長靴ではなく、スニーカーだ。濡れてしまっている。冷えて風邪をひかないか心配になってくる。

常に暇らしい――念のために言っておくが、店主の談であって悠宇の見解ではない――楽器店の店主は奥でお茶でもしているのか、男の子の存在には気づいていないようだ。声をかける者はない。

周辺住民を把握しているわけではないが、商店街では見かけたことのない子どもだ。

どこの子だろう。

楽器が……ピアノが好きなのだろうか。

楽器店の軒先には、雨をしのげるような屋根はない。すぐに親が迎えにくるだろうと思って見ていたが、その気配もなく、悠宇はとうとうしびれを切らした。

子ども用の傘の上から、大人サイズの傘をさしかける。そして、「ピアノ、好きなの？」と声をかけた。

子どもが、驚いた様子で悠宇をふり仰ぐ。

つぶらな瞳の、とても可愛らしい子だった。着ているものから男の子とわかるが、まるでキッズモデルのように愛らしい。

「濡れるよ、寒くない？」

子どもの傍にしゃがみ込んで問いかける。子どもは頷きも首を横にふりもしない。そのかわりに、またすぐに電子ピアノに視線を戻す。

「ピアノ、好き？」

今一度問うと、今度は「うん」と応《いら》えがあった。

弾《ひ》きたいのだろうか。

男の子なら、最新の電子楽器に興味があっても不思議はない。いまどきの電子ピアノは驚くほど多機能だ。

「弾かせてもらおうか？」と、提案してみる。男の子は、それまでの反応の鈍さが嘘《うそ》のように、勢いよく悠宇に顔を向けた。

「ひきたい！」

ようやく言葉らしい言葉が聞けた。

閑古鳥が鳴いてはいるが、留守にするわけにはいかない。奥にいる店主に一声かけてから、悠宇は楽器店のドアをくぐった。

「どうぞ」と少年を促すと、ショーウインドウに飾られた電子ピアノの最新モデルの前で一旦足を止めたものの、すぐに店の奥に置かれたものに気づいて、たたっとそちらに駆け寄った。家庭用サイズのグランドピアノだ。

「ずいぶんと可愛らしいお客様だねぇ」

趣味で楽器店経営をしているとしか思えない店主が奥から出てきて、あごひげを撫《な》でる。若い頃はジャズマンだったという老年の店主は、少年の愛らしい様子に目を細めた。たしか高校生だと聞いた孫の幼い頃を思い出しているのかもしれない。

「迷子みたいなんですけど」

店の前から動かないし、あのままでは濡れてしまうと思って……と悠宇が説明すると、「商店街の事務所に連絡しておこう」と電話に手を伸ばす。

駅前まで伸びる通りは商店街になっていて、この近辺は店もまばらだが、信号一つ向こうまで歩くと、住民の生活に根ざした昔ながらの商店街が活気を見せている。駅前には事務所があって、迷子に関する連絡が集まってくるのだ。

「ピアノに興味があるようだね」

好きに使っていいよ、という店主の好意に甘えて、悠宇はグランドピアノの蓋《ふた》を開けた。天板もあげる。

少年の大きな瞳が輝いた。

だが、無遠慮に椅子によじ登ったりはしない。ただじっと憧憬《しょうけい》のこもった眼差しで見つめるのみだ。

この年頃の子どものわりに、すいぶんとお行儀がいいというか、親の躾《しつけ》が行き届いている印象を持った。

「どうぞ。触っていいよ」

少年を椅子へ促すと、いいの？　と確認を取るかのように悠宇を見上げたあと、嬉しそうに椅子に腰掛けた。

当然ペダルに足は届かない。

どうするのかと見ていたら、少年は思いがけない行動に出る。

小さな手が、実に滑らかに鍵盤《けんばん》の上を滑りはじめたのだ。モーツァルトのメヌエット。初級レベルの曲ではあるが、この歳《とし》の子どもが弾くには充分に難曲だ。

暗譜しているようで、ところどころつかえながらも、少年の指は止まらない。このまま弾ききるかに思えたが、唐突に指が止まった。つづきを忘れてしまったようだ。

それでも鍵盤の前からどこうとしない少年を見て、悠宇は少年の横から手を伸ばし、ガイドとなるフレーズを軽く奏でた。

少年の目が丸く見開かれ、驚きを浮かべて悠宇を見上げる。

数度の瞬き。

悠宇の奏でるフレーズに合わせて、少年はつづきを奏ではじめた。

少年の指がメインの旋律を奏でるのを聞いて、悠宇は即興で自身の演奏を連弾譜に変える。少年の奏でる音に厚みが加わって、演奏が華やかなものに変化した。

そのまま最後まで、少年と呼吸を合わせて一曲を弾ききる。最後の一音を奏でた少年の指が鍵盤を離れ、店内に音の余韻が響く。「すばらしい！」と、店主が大仰な拍手で少年の演奏を賞賛した。

「すごいねぇ！　いくつから教室に通ってるんだい？　この歳でこんなに弾けるとは！」

店主の言葉に悠宇も大きく頷く。

少年の目線の高さにしゃがみ込んで、両手を差し出した。少年は悠宇の意図を察して、小さな掌《てのひら》を合わせる。うまく弾けたね、のハイタッチだ。

「ごあいさつがまだだったね。僕は悠宇、木野宮悠宇っていうんだ」

よろしくね、と微笑《ほほえ》むと、少年は頰《ほお》を紅潮させ、「うどうたかねです！」と、元気に応《こた》えた。「うどう」は「有働」だろう。「たかね」は果たしてどんな字を書くのか。

悠宇がさりげなく聞き出した少年の名前を、店主が商店街の事務所に電話で伝える。迷子の問い合わせはないそうだ。親はいったいどこへ行ったのだろう。

「たかねくんは、ここまでどうやってきたの？」

電車？　車？　と尋ねると、「パパのくるま！」と答える。

「パパは？　どこにいるのかな？」

お買い物？　お仕事？　との悠宇の問いかけに、たかねと名乗った少年は、「おてら」と答えた。

「お寺？」

「この先の、城玄寺《じょうげんじ》じゃないかな」

店主が言う。

「山の上のお寺だろう？」

店主の問いかけに、少年は少し考えて、コクリと頷いた。

主に地域住民を檀家に持つ歴史ある寺だ。ということは、この近辺に在住か、あるいは実家があるのかもしれない。

「もしかして、お寺から歩いてきたの？」

ここまで？　この雨の中を？　と驚く。

好奇心旺盛な年頃だろう、少年にとってはちょっとした冒険だったのだろうか。それとも、まさかピアノが弾きたくて？

でも、これだけ弾けるのだから、音楽教室に通っているのだろうし、グランドピアノは無理でも電子ピアノかアップライトピアノくらい自宅にあるだろう。たしかにグランドピアノに憧れる気持ちは、悠宇にもわかるけれど。

「パパにお迎えにきてもらおうか」

連絡先はわかるだろうか。

キッズケータイを持っていると助かるのだけれど……と、少年の持ち物を確認すると、小さなポシェットを斜めがけしている。ストラップの金具部分に防犯ベルが下げられていた。

「もう一曲、ひいていいですか？」

　少年は、親を恋しがるでもなく、店主に確認を取る。

　いや、意図的にスルーしたようにも聞こえたが……。親もとに帰りたくない理由があるとか？　だとしたら、迷子の問い合わせを出したのも、よくなかっただろうか。ではどうしたら……？

　そんな懸念《けねん》をよぎらせる悠宇の傍で、少年はピアノを弾きたくて仕方ない様子でそわそわしている。

「いいよ。好きなだけ弾くといい」

　店主の鷹揚《おうよう》な返答に「ありがとうございます！」と、大きな瞳をきらきらさせて、ついで奏ではじめたのは、きらきら星変奏曲。練習曲の定番だ。

　邪魔だから預かっていいようね、とピアノに夢中な少年に言い含めて、ポシェットを預かり、なかを確認すると、きちんとアイロンのかけられたハンカチとポケットティッシュと、思ったとおりキッズケータイが収められていた。

　これで親と連絡がつくが、夢中で鍵盤に向かう少年の邪魔をするのも無粋《ぶすい》に思える。

　何より、本当に連絡していいのかもよくわからなくなってきた。

「おにいちゃん、いっしょにひこう！」

「え？　僕？」

　少年にガーデナーエプロンの端を引っ張られ、手にしていたキッズケータイを慌ててポシェットに戻す。

「連弾？　なにがいいかなぁ？」

ねだられて、悠宇もさきほど一緒に弾いた楽しさを思い出し、笑みで応じる。この歳の頃、自分はどんな曲を弾いていたんだっけ？

少年の横に腰を下ろし、少年の求めに応じて連弾演奏を楽しむ。弾ける曲を探りつつ、少年の演奏を彩るための伴奏を添える。悠宇のガイドに影響されて、少年の演奏にも自然と熱が入る。少年が実に楽しそうに演奏する横顔を見ていると、悠宇も楽しくなって、こちらも演奏に熱がこもる。

両親を相次いで亡くしたあと、実家とともに幼少時からずっと愛用していたピアノも手放してしまい、以降、ときどき店主の好意に甘えて、この店の展示品を弾かせてもらう程度。

店主が聴衆を買って出てくれるものの、弾くのはいつもひとりだから、この小さな共演者は、悠宇にとっても、思いがけずもたらされた楽しい時間の共有者となっていた。

音楽は、もちろん自分の世界に没頭する楽しみかたもあるけれど、仲間と同じ体験を共有する時間はまた格別だ。

それは、相手が初心者レベルの幼い少年であっても関係ない。

悠宇自身が楽しんでいることを幼いながらに感じ取っているのだろう、鍵盤に向かう少年は、店頭に佇んでいた時とは別人のように潑剌《はつらつ》としている。

他に客の姿がないのをいいことに、悠宇は少年とピアノに向かう時間を堪能する。店主はすっかり聴衆になって、湯気を立てるマグカップを手に、椅子に背をあずけ瞼《まぶた》を閉じて、完全にくつろぎモードだ。

そうして、店主はもちろん、キッズケータイの確認までした悠宇の頭からも、少年の親に連絡を入れたほうがいいのかどうなのか、という問題はいったん思考の片隅に追いやられることとなってしまった。

多少小降りになったと思ったのも一時的なものだったようで、止む気配のない雨に阻まれて、花屋も楽器店もともに閑古鳥は鳴いたまま。今日はこのまま、どちらの店も客足は期待できないだろう。両店主とも売り上げは諦《あきら》めて、いつもと違う時間を過ごしている。

ついには店主が、店の商品であるはずの初級用の楽譜を持ち出してきて、譜面立てに広げる始末。そうしたら、即席のピアノ教室のはじまりだ。少年は譜面をめくって覚えのある曲をみつけると、この曲のここが好きだとか、ここが苦手だとか、楽しそうに話してくれる。

のんびりとした勤務環境に感謝しつつ、悠宇は少年の求めに応じつづけた。少年の楽しそうな横顔に、母の喜ぶ顔を見たくて懸命に鍵盤に向かっていた幼い日の自分を重ねながら。

唐突に、楽器店の自動ドアが開いた。

地面を打つ雨音が大きくなって、湿気を含んだひんやりとした空気が店内に流れ込んでくる。同時に靴音。

自動ドアの向こうへ小さくなった雨音のかわりに、硬質な靴音がまっすぐこちらに近づいて、店の奥に置かれたグランドピアノの傍に長身が立った。

唖然《あぜん》と見上げる視線の先には、逆光に鈍く光るフレームレスの眼鏡。上質なスーツの肩が濡れている。サイドにゆるく流された艶《つや》やかな黒髪にも水滴が見えた。

見知った顔だった。

だからといって、唐突な状況に即反応できるかといえば、そういうものではない。

「え……っと……」

気圧《けお》されて演奏の手を止めてしまった悠宇の傍から、高い声が上がる。

「パパ！」

少年が、パァッと明るい表情を男性に向けた。

――パパ？

子持ちだったのか……と、とっさに脳裏を過《よぎ》ったのは、そんなこと。

男性が、安堵のため息をつく。だがすぐに眼鏡の奥の眼差《まなざ》しを鋭くして、少年が腰掛けるピアノ椅子の傍に片膝をついた。少年と目線を合わせるためだ。

「峻音……」

「車で待っていなさいと、言ったはずだな」

叱《しか》りつけるわけではなく、言い聞かせる静かな口調が躾の厳しさを物語っている。

「……ごめんなさい」

諌《いさ》める言葉に、とたんに少年は肩を落として表情を曇らせた。

小さな手を膝《ひざ》の上でぎゅっと握って、唇を噛《か》む。

だが男性は、それ以上咎《とが》める言葉を重ねるようなことはせず、かわりに「心配させるな」と少年の頭を撫でた。

「ご迷惑をおかけしました」

悠宇に言葉を向けて、そして「きみは……」と呟く。悠宇が、数時間前に自分が花を買った、隣の花屋の店員であることに気づいたようだ。

「い、いえ、僕は何も……」

両手を顔の前で振って、最初に親に連絡を入れるべきだったと逆に詫《わ》びる。まさか常連客相手に、連絡を入れていい親なのかと、不審を抱いていたとは言えない。

そうなのだ。

峻音と名乗った少年を迎えに現れたのは、毎月同じ日に、墓前に手向《たむ》けるものと思しき花を買っていく、件の紳士だったのだ。

父親に促されて、少年が残念そうに椅子を降りる。まだまだ弾き足りない様子だ。物言いたげにチラリと悠宇を振り返り、だが何も言わず店を出ようとする父親を追いかけていく。

「怒らないであげてください」

父親の背に、悠宇は思いきって声をかけた。紳士が足を止める。少年は驚いた顔で悠宇を振り返った。

「ピアノが弾きたかったんだよね？　だから――」

だから、言いつけを守らずについつい車を降りてしまった。きっと商店街の通りを行き過ぎるときに、車窓から楽器店のショーウインドウが見えたに違いない。

だが父親は、怪訝《けげん》そうにグラスの奥の眼差しを細めた。

「ピアノ？」

息子にピアノを習わせているのなら、すぐに状況を察せそうなものなのに、いかにも有能そうなビジネスマンが、理解しかねる顔をするのを見て、もしかして子どもの習い事に興味がないのだろうかと、今度は悠宇が怪訝に首をかしげる番だった。

「ピアノなら家で弾けるだろう？」

「う……ん」

父親の言葉に、少年が躊躇《ためら》いがちに応じる。何か言いたいことがあるのに言えないでいるような、そんなそぶりだ。

悠宇はたまりかねて、さらに口を挟む。

「グランドピアノが目に入ったんじゃないかと――」

ピアノを習っていたら、教室でしか弾けないグランドピアノに憧れるものだ。よほど親の理解があって環境が整っている家庭なら子どものためにグランドピアノを購入することもあるのだろうが、一般家庭でそれは難しい。

そうフォローしたつもりだったのだが、紳士から想定外の言葉が返されて、悠宇は「え？」と固まる羽目になる。

「自宅に、これより大きいグランドピアノがあります」

これより？　と思わず、いまさっきまで弾いていたグランドピアノを見やる。

一般的によく見るサイズのグランドピアノで、音楽教室でもこのサイズを使っているところが多い。個人の教室なら、たいがいこの大きさだ。これより小型のものの場合もある。

これより大きいとなると、コンサート用のグランドピアノに近いもの――つまりはプロ仕様の本格的なものということになる。

もしかして母親が演奏家だから、とかそんな理由だろうか。音楽教室に通いはじめていくらも経たないだろう、こんな小さな子のために購入するサイズではない。

だから、わざわざ楽器店の店頭に飾られたグランドピアノを弾きたがる理由がないと、父親は言いたいのだろうが、でも少年が自らグランドピアノに駆けよったのは事実だ。

「で、でもっ、峻音くん、すごく楽しそうにピアノ弾かれてて、きっとピアノが大好きなんですよね、だから、その……っ」

懸命に取りなそうとする悠宇の気持ちが伝わったのか、紳士は軽く片手を上げて悠宇の言葉を制すると、ひとつ頷いた。

少年は、父親のスーツのジャケットの裾《すそ》をぎゅっと握って、背の高い紳士を見上げる。首が痛くなりそうだと心配になる。

「おにいちゃんと、もっとピアノひきたい」

少年は意を決した様子で、想いを口にした。——が、少年の希望に自身が含まれるのを聞いた悠宇は、驚いて少年と父親の顔を交互に見やってしまった。

「え？　僕？」

少年との時間はもちろん楽しかったけれど、少年の口調が妙に切実で悠宇は返す言葉を探せない。

ただピアノが弾きたいだけなら、父親の言うとおり、自宅で弾けるのだ。立派なグランドピアノがあるのだから、環境は整っていると想像に容易《たやす》い。

だからこそ、ついで少年の口から発せられた要望にますます驚いて、悠宇は今度こそ唖然と目を見張った。

「おにいちゃんに、ピアノならいたい」

これにはさすがに父親も顕著な驚きの表情を浮かべて、息子の前に片膝をついて目線を合わせた。

「峻音」

理由はわからないが、どうにも諫めるニュアンスが拭《ぬぐ》えない。ピアノに絡んでなにかあったのだろうか。

「おにいちゃん、すごくピアノじょうずだよ。ぼく、おにいちゃんのピアノすき」

少年が訴える。

そう言ってもらえるのは嬉しいが、習いたいと言われても困る。

「こちらで教えてらっしゃるんですか？」

「い、いいえ、僕は……」

とんでもない。自分はただの花屋の店員だと返す。だというのに店主が、横から実に楽しげに茶々入れをしてくれる。

「私も悠宇ちゃんのピアノが好きだよ。小さくても、伝わるものは伝わるんだろう」

音楽はフィーリングさ、などと、元ジャズマンらしいことを言って笑う。

「おじさんっ」

無責任なこと言わないで！　と店主を諫めると、「あのままピアノをつづけていたら、今頃は先生だったかもしれないだろう？」と、さらに余計な言葉を付け加えてくれて、悠宇は慌てた。

「僕は大学受験すらしなかったんですからっ」

受験前に父が亡くなり、営んでいた花屋を手放さなくてはならなくなって、とても音大の学費など支払えないと、受験をとりやめたのだ。

「彼はねぇ、実にいいピアノを弾くんだ」

店主の言葉に目を輝かせたのは少年のほうで、紳士は反応に困った様子で耳を傾けている。

「おじさんっ、話をややこしくしないでっ」

「はいはい、年寄りは引っ込んでいるよ」

「そういうことじゃなくて」

もうっ、と悠宇が口を尖《とが》らせるのを見て、「悠宇ちゃんが女の子だったら、孫の嫁に来てもらうのになぁ」などと話を脱線させはじめる。それを「お孫さん、まだ高校生でしょ！」と黙らせて、悠宇は不安げに様子をうかがう少年の目線の高さにしゃがみこんで、「ごめんね」と詫びた。

「お兄ちゃん、ピアノの先生じゃないんだ。お花屋さんなの。だから――」

「あんなにじょうずなのに？」

「きっと、峻音くんが習ってるピアノの先生のほうがずっと上手いと思うよ」

なにがいけなかったのか、少年はとたんに表情を曇らせて、視線を落とした。小さな手をぎゅっと握って、唇を引き結んでいる。

少年から聞き出すのは無理だと踏んで、余計な口出しかもしれないと思いつつも、悠宇は父親に尋ねた。

「あの……、お教室に通わされてらっしゃらないのですか？」

自宅にグランドピアノがあるくらいだから当然ピアノ教室に通わせているか、あるいは講師の個人レッスンを受けさせているのだろうと思っていたが、違うのだろうか。少年の様子からは、ただピアノが弾ければいい、というのとは違う感情が垣間《かいまみ》見える。

すると紳士は、大きな手で息子の小さな頭をくしゃりと混ぜて、「実は」と口を開いた。

「わけあって、これまで通っていた教室をやめなくてはならなくなりまして」

詳細の理由は濁しつつ、それが息子にはショックで、だからこんなことを言うのだろうと言葉をつづける。

なるほど、弾ける環境はあっても、教わる場所と機会を逸したということか。

音楽は、もちろん独学でできないことはないが、同じ教室に通う仲間とセッションしたりライバルの演奏を聞いたりといった機会を得られるのと得られないのとでは、学べるものが大きく異なる。

いかに良質な情報をインプットするか、その機会を得られるか、という点も、上達するのに重要な意味を持つ。だからこそ、教室や講師選びは重要なのだ。

どんなに才能を持って生まれても、それをうまく引き出せる講師に出会えなければ、才能は花開かない。もっと言えば、親が子どもの才能に気づけなければ、あるいは学ぶ場を与えてもらえなければ、その才能は埋もれてしまうことになる。

そういう意味で、悠宇は少年の演奏仲間にはなれても、講師にはなれない。そもそも教育者になるためのカリキュラムを学んでいないのだ。自分が教わる側だった経験しかない。

「さっきみたいに一緒に楽しく演奏することはできるけど、僕には峻音くんの才能を伸ばしてあげることはできないんだ」

ちょっと難しいことを言うかもしれないけれど、と前置きしつつ、少年と目を合わせて真摯《しんし》に言う。

少年は大きな瞳にじっと悠宇を映して、そしてコクリと頷いた。

よかった。理解してくれたか……と、安堵したのもつかの間、少年は「でも、おにいちゃんがいい」と、今度は悠宇のエプロンをぎゅっと摑《つか》んで訴えてくる。

「え……っと……」

少年の小さな身体を受け止めつつ、「困ったな」と眉尻を下げると、父親が「峻音、いいかげんにしなさい」と、今度は少し強い口調で息子を諫めた。

「お兄さんが、困ってらっしゃるだろう？」

それがわからないわけではないだろう？　と、幼子に言うのではなく、対等のひとりの人間に言い聞かせるかのように言う。

少年は俯《うつむ》いて、唇を震わせた。

ただ教室に通えなくなった、というだけには見えないが、語られないことを訊《き》くのもはばかられる。父親はこの一年ほど月一で花を買ってくれる常連客だが、逆に言えば、月に一度店員と客として顔を合わせるだけの間柄でしかない。

かといって、エプロンの胸元にぎゅっとすがる少年を突き放せるほど、さばけた性格でもない。

「じゃあ…さ、こういうのはどう？」

我ながらお人好しがすぎるなぁと呆《あき》れつつ、悠宇は少年の目を見て提案する。

「教えてあげることはできないけど、次のお教室が見つかるまでの間、一緒にレッスンする、っていうのは？」

将来の進路として音楽系を見据えているのなら、ちゃんとした講師について習ったほうがいい。だが相性というものがあって、著名な講師なら誰でもいいのかといえばそういうものでもない。教室や師事する講師を変えるのは、大変な労力だ。子どもにストレスもかかるだろう。

そのストレスの発散先としての練習相手くらいにならなれる、と思ったのだ。

自宅で譜面と向き合う時間と、教室に通う時間の大きな違いは、先に書いたとおり、ひとりで黙々と弾き込むか、あるいは自分以外の誰かの演奏を聴いたり講評しあったりといった交流を持てるか、という点につきる。たぶん少年は、後者を欲しているのだ。だから、悠宇と一緒に演奏するのが楽しくてしかたなかった。

理由は不明だが、お教室に通えなくなったことで、そうした楽しい時間を失ってしまった。そのタイミングで、たまたま声をかけた悠宇が弾けたために、少年のなかで悠宇の存在が特別なものになってしまったのだろう。

「お店が終わってからか、休憩時間にしか無理だけど、それでもよかったらまた一緒に連弾しよう？」

それじゃダメかな？　と小さな手を握って問うと、少年はパァァ……ッと表情を明るくして、「うん！」と大きく頷いた。

「うちでよければ好きに使うといいよ」

弾いてくれる人がいなければ楽器は傷んでしまうと、店主が場所提供を申し出てくれる。

驚き顔で悠宇の提案を聞いた紳士はというと、「ご迷惑では」と眉根を寄せた。

「それではあなたの休憩時間がなくなってしまいます。お店にもご迷惑がかかる」

この場合の店というのは、楽器店ではなく、悠宇が店員として勤務する花屋のことだ。

「お店の営業時間が長い代わりに、休憩時間も長めにもらえるんです。ご飯食べたあとはすることもなくて、すぐお店に戻っちゃったりしてて……」

「ときどきうちに来て、ピアノを弾いてくれるがね」

店主が面白そうに口を挟んでくる。「うちは毎日でもかまわないんだが」と、悠宇が遠慮しているのを見通したように、いつもは言わない指摘まで。機会があれば言おうと以前から思っていたのかもしれない。

それには苦笑で返して、悠宇は言葉をつづけた。

「だから、僕も楽しかったんです、今日、峻音くんと一緒にピアノ弾けて……だから、えっと……」

迷惑じゃないと伝えるだけのことが上手く言葉にできなくて、言葉尻が濁る。これでは逆の意味に聴こえてしまう。

「じゃ、じゃあ、曜日をちゃんと決めて、その日はお花を買っていただく、というのでどうでしょう？　そしたら店長も喜ぶし、僕も顔が立つし、それから……」

言い募れば募るほど、嘘っぽく聴こえる気がして、悠宇は自分の声が徐々に萎《しぼ》んでいくのを感じた。

峻音とピアノが弾けて楽しかったのは本当の気持ちなのに。

すると、不安げに父親を見上げていた峻音が、悠宇のエプロンに手を伸ばし、遠慮がちに端を引っ張った。

「ぼく、おにいちゃんのピアノ、すき。おにいちゃんと、ピアノひきたい」

どんな有名ピアニストに認められるより、嬉しい言葉に思えた。悠宇が音大受験を断念したとき、本人以上に残念がっていた、亡き母に聞かせてあげたい。

「パパが、いいよ、って言ってくれたらね」

小さな頭を撫でて、そして紳士にうかがう視線。峻音の請う眼差しとダブルのおねだりに、紳士の口元がわずかに緩む。

フレームレスの眼鏡のブリッジを押し上げ、ひとつ嘆息。「講師料を受け取っていただけるのなら」と、紳士は白旗を揚げた。


木野宮悠宇は、郊外都市の商店街のはずれで、花屋を営む両親の元に生まれた。

悠宇自身は、幼い時分から動植物が好きで、花に囲まれた生活が大好きだったが、自身が習う機会を得られなかった音楽教育を我が子に受けさせることが夢だった母の希望で、二歳から音楽教室に通い、幼稚園に入った頃にはピアノが生活の一部になっていた。

大人になって振り返ってみれば、悠宇のピアノへの想いは、イコール母の喜ぶ顔が見たい、という実に子どもらしい欲求に裏打ちされたものだった。

もちろん、ピアノは好きだったし、レッスンも苦痛ではなかった。クラシックもポップスもロックも、音楽全般が悠宇は好きだったから、その音楽で母を喜ばせることができるのなら、充分に進路の選択肢のひとつになりうるものだった。

その一方で、悠宇は花屋の店先に立って植物の手入れをする父の手伝いをするのも大好きな子どもだった。

幼子の目に、父が生み出すフラワーアレンジメントは文句なく美しかったし、それを手にする客の満足げな笑顔が、父がとても素敵な仕事をしていることを、悠宇に教えてくれた。

指を痛めると言って母は嫌がったが、悠宇自身は土に触れるのを心地好いと感じ、植物の手入れのしかたを父から教わる時間が楽しかった。

その父が、自分より妻の希望を優先させようとしなければ、悠宇はあれほど真剣にピアノに取り組むことはなかったかもしれない。

母方の祖父母は、子どもの情操教育にあまり興味のない人だったようで、習い事をさせてもらえなかったことを、母はとても悔やんでいた。ある程度の年齢になってから、己の意思で習いはじめても充分に習得可能なものもあるが、音楽のように、幼少時に学ぶ機会を得られないと、絶対に習得不可能な領域を持つものもある。

母は、結婚前から、子どもができたら絶対にピアノを習わせたいと言っていたらしく、父は「嫌がったら無理強いしないこと」を条件に、物心つくかつかない悠宇を音楽教室に入れることに頷いたと聞いている。

だから、父の本心がどこにあったかは、いまとなってはわからない。

母の手前何も言わなかっただけで、本当はピアノのレッスンより、一緒にキャッチボールをしたいと思っていたのかもしれないし、アウトドアを楽しみたいと思っていたかもしれない。

母の強い希望を叶えたかったのだろう、父がどう思っていたのか、聞くチャンスのないまま、父は逝《い》ってしまったけれど、悠宇自身は、もっと父との時間を持ちたかった。

ピアノは楽しく弾ければいい。誰かと競って、演奏家として大成したいという望みは、悠宇自身にはなかった。ピアノを弾くのと同等に、植物と触れ合うことも好きだった。

枯れかかった鉢植えも、父の手にかかればみるみる元気になって、次のシーズンには花を咲かせる。店先で売れ残った切り花も、父がちょっと手を加えれば、たちまち美しいアレンジメントフラワーへと姿を変える。父は、植物を元気にさせる魔法が使えるのだと、幼いころは本気で信じていた。

だから、父が急逝したあと、伴侶を失った悲しみに加え、金銭的な問題から息子が音大進学を断念せざるを得なくなって、誰より一番消沈していたのは母で、悠宇自身は、母ほどには落胆していなかった。

それどころではなかった、というのが正直なところだ。

父を失った悲しみ以上に心を占めるものなどなく、音大受験への情熱など、持ちようもなかった。

母の願いをかなえてあげたい気持ちはあった。けれどそこには、妻の歓喜に満足げに微笑む父の存在が不可欠だった。父が母の横で満足げに微笑んで「よかったな」「がんばったな」と言ってくれるのでなければ、悠宇にとっては意味のないことだったのだ。

その時点で、演奏家になどなれないことは明白だった。本当に才のある人は、どんな苦境にも負けない情熱を持っているはずだ。だが悠宇に、それは不可能だった。

それでも、母の哀しむ顔は見たくない。

音大に進学するかわりに、母とふたり、父の残した店をきりもりしていく。新たな目標に向かって、心機一転取り組もうと思っていた。

こうなってみると、父にフローリストとしての教えをこえなかったことが、唯一の心残りに思われた。

だが、「一緒にがんばろう」と微笑む悠宇に、残念そうな顔をしながらも頷いた母が、そのあとすぐに父を追うように逝ってしまったのは、悠宇にとっても父の突然の他界以上に予想外の事態で、そのときはさすがに途方にくれた。

何もかも手放すことになった。父母との思い出の詰まった家も、母の夢を託されたピアノも、父の背を追おうと決めたはずの花屋も。

このとき、ライバル店の店主であり、父の友人でもあった今の店の店長が、うちで働かないかと声をかけてくれなかったら、悠宇は今頃どうしていたかしれない。お隣の楽器店の店主が、弾きたいときに弾きに来るといいよ、と声をかけてくれたから、悠宇は今もピアノを好きでいられる。

そして決めた。

いつか父母と暮らした家と父の想いのこもった店を買い戻そうと。そのために修行して、父に恥じないフローリストになろうと。そしてまた、母のためにあの家でピアノを弾こうと。

そのために、日々がんばっている。

実現可能な夢かどうかはわからない。計算上、可能だったとしても、何十年後になるのか、そのときには買い戻せない状態になっているかもしれない。その可能性の方が高いだろう。

でも、目標がなければ、生きられないと思ったのだ。

突然父母を亡くし、絶対に譲れない夢があるわけでもなく、将来を約束した恋人がいるわけでもなく、守らなければならない何かがあるわけでもない。

そんな二十歳そこそこの青年が、ひとりで生きていくためには、荒唐無稽《こうとうむけい》でもいい、夢と目標が必要だった。

父の背を思い出しながら花屋の店頭に立ち、ときどき母を思い出しながらお隣の楽器店でピアノを弾かせてもらう。

音大受験を諦めた時点で、ともに音楽教室で鎬《しのぎ》を削っていた音楽仲間からの連絡は途絶えた。大学への進学率が百パーセント近い高校だったから、高校時代のクラスメイトとも疎遠になってしまった。大学生と社会人とでは、時間の使い方がまるで違う。

それでも、職場の環境には恵まれているし、周囲には天涯孤独になった悠宇を気にかけてくれる人が沢山いる。

充分に恵まれた環境だ。

忙しさにかまけて、学生のとき以来彼女と呼べる存在ができないことが、悩みといえば悩みだったが、それも二の次三の次にしていい程度の問題でしかなかった。

たとえば、仕事より自分を優先させてと彼女に言われたら自分がどうするだろうかと考えたときに、彼女の希望を優先させようと思えない自分に、十代のころには気づいていたから。そういう部分で、自分は淡白なのだろうと思う。

だから、将来家庭を持つ自分を想像できないでいた。たぶん、精神的に子どものままなのだ。自分が親になりたいわけではなく、親を失った子どものまま、成長できず、今に至っている。

取り立てて何かあるわけでもなく過ぎていく日々の中で、小さな喜びと、己の成長を発見して、幸せを繋《つな》ぐ。

そうした日々にあって、月に一度、同じ日に、悠宇を指名して花を買ってくれる客の存在は、フローリストとして少しは認められたような気がして、悠宇のなかで少しだけ他の客とは位置づけを異《こと》にしていた。

その風貌が、記憶に残るものだったから、というのも理由として否めない。

鍛えられた長身に沿う上質なスリーピースのスーツ、粋《いき》なネクタイ、その手のことに疎い悠宇にはよくわからないけれど、ファッション雑誌のグラビアで見た気がするハイブランドのものと思しき腕時計。

整った容貌にフレームレスの眼鏡が硬質な印象を与える。絵に描いたようなエグゼクティブは、悠宇が生まれる以前、バブルが弾けると同時に絶滅したのではなかったのか？　と問いたくなる。

商店街の外れとはいえ、店の表の通りは車の進入禁止になっているから、男性客が車から降り立つところを見たことはないが、きっと高級外車に乗っているに違いない、などと下世話な想像まで働かせてしまう。

大企業に勤めるエリートなのか、あるいは会社経営者か。大企業を顧客に持つ企業弁護士というセンも考えられる。モデルや俳優といわれても納得できる容姿ではあるけれど、そういう軽さを醸していないから、きっと違う。

実のところ悠宇は、月に一度だけやってくる客を、あれこれ想像しながら、指折り数えて心待ちにしていた。

週に何度も店に立ち寄ってくれる近所のご婦人や、アレンジメントフラワーを定期的にオーダーしてくれる商店街の飲食店の店主のほうが、店にとっては大切な常連客といえるのだけれど、そうした顧客とは異質な、どうしてか記憶に残る客。

なぜかと考えれば、答えは簡単だ。

悠宇を指名して花をオーダーしてくれた、はじめての客だから。

きっと大切な人の墓前に供えるのだろう花を、その後もずっと、この一年間ずっと、悠宇につくらせてくれたから。

その信頼に応えたい。

店を訪れる頻度が問題ではない。客の紳士がどう感じているかはわからない。それでも店員と客との間に生まれる信頼関係を、少なくとも悠宇は感じていた。


紳士は、有働玲士《れいじ》と名乗った。

差し出された名刺には、UDOホールディングスの社名と、名前の左肩にCEOの文字。

悠宇の想像はおおかた当たっていたことになる。が、想像以上に大きな会社のトップと知れて驚いた。

ホールディングスとは持ち株会社のこと。つまり、傘下《さんか》に企業グループを形成していることになる。有働は、そのトップということだ。

悠宇よりはずっと歳上だが、企業経営者と考えればかなり若手の部類に入る。事業の詳細までは訊かなかったが、実業家として相当な才覚を持つ人物に違いない。

少年の名前は峻音と書いて〝たかね〟。幼稚園に通う五歳だと、尋ねた悠宇に小さな手を広げて教えてくれた。

峻音が音楽教室に通えなくなった理由を尋ねると、有働は「トラブルがありまして」と、言葉を濁しつつも、「峻音に問題があるわけではありません」ときっぱりと言いきる。そういう心配をして尋ねたわけではなかったから、それ以上は訊かなかった。

幼い頃から音楽の世界しか知らずに育つ人が多いためか、音楽講師のなかには、一般常識の通じない人もままいる。いわゆる、言葉の通じない相手、というやつだ。

一流音大を卒業していても、演奏技術が高くても、教育者としての資質を持たない人はいる。一方で、卒業大学のランクに関係なく、教育者として優秀な人もいる。

どんなトラブルがあったとしても不思議はない。それが理不尽なものだったとすれば、幼い峻音がピアノを嫌いにならなかったことだけでもよかったのではないかと思えた。

悠宇とのレッスンは週に一度、毎週木曜日と決めた。

峻音が幼稚園から帰ったあと、悠宇の遅い昼休憩に合わせて、場所はお隣の楽器店の二階にある防音室を借りることになった。レンタルスタジオとして、一般に貸し出している部屋だ。そこを、向こう三カ月、毎木曜日の午後、有働は前払いで押さえてしまったのだ。

店に展示してあるピアノを使ってくれればいいという気のいい店主に、有働はきちんと請求してほしいと返した。「そもそも防音室を借りる人なんて、久しくいないんだけどねぇ」と、店主は肩をすくめたが、有働は譲らなかった。ついには店主が根負けして、請求書をきったのだ。

悠宇が、あえて訊かなかったことがもうひとつあった。

毎月同じ日に有働が買い求めていく花について。峻音が「おてら」と答えた有働の訪問先について。

峻音の口から「ママ」という単語が紡がれないことに気づいて、たぶんそういうことなのだろう、と察した。

有働が毎月買い求めていくのは、可憐なイメージの花だ。その花が似合う、可愛らしいひとだったのだろう。峻音はきっと母親似なのだろうと想像する。

だがそれだけだ。問うことも探ることも、不躾以外のなにものでもないと思われた。

悠宇自身、さほど親しくもない人に、親はどうしたのかとか、頼れる親類は近くにいるのかとか、あれこれ訊かれるのは気分のいいものではない。

たとえ悪気がなくとも、純粋な気遣いだったとしても、だからこそ不躾だと感じる。真の気遣いとは、相手が立ち入られたくないと感じる境界線を見極めることだだと、悠宇は実体験から学んだ。

だから、純粋に峻音とピアノに触れる時間を楽しもうと、引き受けた時点で決めた。

もちろん、峻音の将来を考えれば、適当なことはできない。教育者としての資格を持たない悠宇にできることは限られるが、それでもピアノの楽しさや魅力を伝えることはできる。テクニック以上に大切なものがある。

ただ上手ければいいというものではない。卓越したテクニックが感動を呼ぶのではない。そこに表現者の心がなければ、感動は伝わらない。そういう情緒は、学ぼうとして学べるものではない。持って生まれた感性はもちろん、環境にも大きく左右される。

幼いうちは特に、細かなテクニックを学ぶ以上に、音楽に親しみ、感性を育《はぐく》むことが重要となる。

それは、著名な音楽講師ならできるというものではない。楽しくピアノを弾くことを選んだ悠宇だからこそ、伝えられることがある。

約束の木曜日。

遅いランチを急ぎ済ませて、峻音と有働を出迎えた。

峻音はレッスンバッグに楽譜をいっぱいに詰め込んでやってきた。

「よろしくおねがいします！」

元気よくあいさつをする様子に、出迎えた楽器店店主が目尻に皺《しわ》を刻む。

重いバッグを大切そうに抱える姿から、峻音がいかにこの日を楽しみにしていたかが伝わって、自然と笑みを浮かべている自分に、悠宇は気づいた。

「峻音をよろしくお願いします」

有働は、仕事があるからと、峻音を預けてすぐに背を向けてしまった。迎えは、自分かあるいは部下が来ることもあるかもしれないと説明していった。峻音も部下の顔を知っているから問題はないという。

ちょっと残念に思いながら、立ち去る後ろ姿を見送った。有働が大通りに出たタイミングで、周辺を流していたらしき車が滑り込んできてハザードを点け、白手袋の運転手が有働のために後部ドアを開ける。まるで映画の一場面のような光景を、悠宇は唖然と見送った。

「運転手付きの車、はじめて見た……」

呟く悠宇を、峻音は不思議そうに見上げた。峻音にとっては、日常風景なのだ。スリーポインテッドスターの運転手付きの高級外車も、父親の部下に送り迎えされることも。

悠宇の手をきゅっと握り、少し寂しそうに父親の背を見送る姿に庇護《ひご》欲を掻《か》き立てられ、悠宇は「これからよろしくね」と峻音と目線を合わせる。峻音はどこか照れ臭そうに大きな瞳を揺らして、それからコクリと頷いた。

「まえのせんせいはね、テレビのおうたはダメ、っていったの」

どんな音楽が好きかと尋ねた悠宇に、峻音は少し不服そうに返した。

「アニメソングとかJ−POPとかのこと?」

レッスンに適した曲というのは確かにあるが、弾きたい曲を弾かせないというのは、悠宇個人の考えとしては賛同しかねる。

だが実際、クラシック以外を音楽と認めない音大教授は多いし、そこまで偏っていなくても、J−POPやアイドルソングは聴かないと明言する音楽家は決して少なくない。聴かないという言葉には、認めないという意味が内包される。だからこそ、悠宇には受け入れかねる考えだ。

「ようちえんのおともだちはね、アイドルのおうたをひくんだって」

一方で、J−POPやアニメソングをレッスンに取り入れる、柔軟な思考の音楽講師も多い。とくに大人のための音楽教室でその傾向が強いが、弾きたい曲を弾くほうが上達が早いのは、当然といえば当然といえる。

だが、弾きたい曲が弾ければいい大人のための趣味の教室と違い、子どもには正しい技術と知識を学ぶことも重要だ。

とはいえ、自分にそれを求められていないことも、できないこともわかっている。

「峻音くんが弾きたい曲を弾こう」

ピアノ椅子によじ登ろうとする峻音を抱き上げて、座らせてやりながら言う。幼子の体温は高く、傍にいるだけでほっこりする。甘いお菓子のような香りがするのは、幼稚園のおやつの時間の名残《なごり》だろうか。

悩むそぶりを見せる峻音に、「難しいのでもいいよ」と、言葉を足した。

難易度が高ければ、やさしくアレンジした譜面を起こせばいい。オーケストラ譜を書けと言われたら難しいが、やさしいピアノアレンジなら、悠宇にもできる。

「あのね、これ」

峻音が差し出してきたのは、世界的に有名なキャラクターを冠したテーマパークで使われる音楽を集めた楽譜だった。

誰もが知るパレードで使われる曲を筆頭に、曲名は知らずとも、誰しもがどこかで耳にしたことがあるだろう、有名な曲ばかりが集められている。

峻音が開いたのは、パレードの定番曲のページだった。もしかしたら、何か思い入れがあるのかもしれない。

「いいね。僕も好きだよ、この曲」

弾いてみた？　と尋ねると、頷きながらも、「でも……」と語尾が尻すぼみになる。どうやら難しくて、最初から躓《つまず》いたらしい。

実は悠宇の本棚にも同じ楽譜が並んでいる。つまり、そこそこの難易度がある、ということだ。

峻音にはハードルが高いと判断し、防音室の備品として棚に並べられた楽譜のなかから、同じ曲をもっとやさしくアレンジした譜面を探し出し、それを譜面立てに広げた。峻音の隣に腰を下ろす。

まずは悠宇がお手本を弾くと、峻音はすぐ横から譜面と悠宇の手元とを交互に凝視。あまりにも夢中な横顔が微笑ましくて、悠宇は簡単なアレンジ譜をミスタッチしないように注意しながら弾かなくてはならなかった。

「つっかえてもいいから、できるところまで弾いてみようか」

子どもの耳と記憶力は、大人の比ではない。先日聞いた峻音の演奏力なら、初見《しょけん》でも音を拾うことはできるはず。

間違えても、最初は上手く弾けなくても、弾きたい曲にとりくむのは、とても楽しい時間だ。悠宇も、幼い頃はそうだった。退屈な練習曲より、テレビから聞こえてくるアニメソングやヒット曲のメロディを耳で拾って、自己流に演奏して楽しむのが好きな子どもだった。

峻音は自分に近いタイプではないかと感じた悠宇の予想は当たった。峻音は楽譜を見るのではなく、悠宇の演奏を思い起こすように音を拾い、小さな手で懸命に鍵盤を奏でる。

一番有名な主メロディ部分の音が拾えたことで、峻音の表情がパッと明るくなった。悠宇を振り仰いで、期待の込もったキラキラとした瞳を向ける。

「弾けたね！　もう一回やってみよう」

「うん！」

元気な返事に頷いて、また同じフレーズに取り掛かる。峻音の指がたどたどしくなりはじめたところで、悠宇は鍵盤に手を伸ばした。峻音の音に合わせて、音を重ねる。峻音が驚いた顔を向けた。

悠宇が音を足したことで、峻音が最初に弾きたいと差し出してきた楽譜の音に近い演奏になったのだ。

峻音ひとりではまだ難しいが、悠宇が少し手を貸すことで理想の演奏に近づいた。レッスン手法として正しいかどうかは悠宇にはわからない。ただ自分が峻音くらいの年齢だった頃、何が楽しかったか記憶を掘り起こしてみた。

上手く弾けたら嬉しい。レッスンは楽しいことばかりではないけれど、上達したいと思うからがんばれる。

その気持ちが持続しなければ、結局途中で挫折《ざせつ》する。親や講師の顔色をうかがって、叱られたくないからがんばる、というのでは、いずれ気持ちがついていかなくなる。

ピアノ教室に通えなくなった理由はわからないが、理不尽なものだったろうと想像がつく。幼い峻音の心は少なからず傷ついたはずだ。そんな理由で、ピアノを嫌いになってほしくない。

母親を失ったと思われる峻音の境遇に同情を禁じ得ないのもある。成人してから母を失った自分ですら大きな喪失感に見舞われた。幼くして親を失った峻音の悲しみは、途方もつかないだろう。

その上で大好きなピアノを学ぶ場まで奪われたら、自分だったらいじけてしまいそうだ。でも峻音はとても素直でいい子だ。会って間もないけれど、峻音の気質は音を聴けばわかる。

「あのね、あのね、こっちの曲もひきたいの！」

峻音は持参した楽譜を床に広げて、この曲も好き！　こっちの曲も！　と、悠宇に訴えては弾けるカ所を弾いてみせる。

ピアノへの意欲が失われていないことに、悠宇は胸をなで下ろした。この様子なら、新しい師事先が見つかるまで、ピアノへの意欲を持続させることさえできれば、悠宇の役目として充分だろう。もちろん適当なことを教える気はないが、とにかく楽しく！　をモットーにしようと決めた。

「この曲もいいよねぇ」

峻音の隣、床に直座りして、峻音が差し出した楽譜を膝に広げ、フレーズをハミングする。すると峻音が、譜面には書かれていない英語の歌詞を歌いはじめた。この楽曲には歌詞がついている。

ピアノ譜を出版するときに、著作権使用料の関係で歌詞の記載が省かれることが多いのだが、歌譜なら記載がある。

峻音の歌にハモるように、悠宇も記憶から歌詞を引っ張り出す。膝に広げた譜面をどけ、峻音を膝に座らせて、その峻音の膝の上に譜面を置く。そして一緒に譜面をめくりながら、最後まで歌った。

「すごーい！　全部歌えた！」

「おにいちゃん、おうたもじょうずだね！」

抱きついてきた峻音とハイタッチをして、笑い合う。

防音室だから、ふたりのはしゃぐ声が聞こえたわけではないだろうが、丸窓から店主が顔を覗かせた。二人の楽しげな様子に目をぱちくりさせて、重い防音ドアを開ける。

「楽しそうだねぇ。お茶とお菓子で休憩しないかい？」

レッスンだというのに、店主は峻音のためにケーキとお茶の用意をしていたのだ。孫が訪ねてくることも減った店主にとっても、どうやら毎木曜日は新たな楽しみになったようだ。

「ケーキだって！」

子どもならおやつに飛びつきそうなものだが、峻音はもっとピアノを弾きたいという顔をする。広げられた譜面を見て、店主が提案をよこした。

「その曲なら、店のキーボードで弾いたら楽しいんじゃないかな？」

オリジナル曲には電子音が効果的にちりばめられている。そもそもピアノより電子楽器で演奏するのに向く曲だ。その提案に「いいですね」と頷いて、「峻音くん、キーボード弾いたことある？」と尋ねると、峻音は首を横に振った。

「展示品、好きに使っていいよ」

そのかわりに、自分のお茶の相手もしてほしい、ということらしい。店主が階下の店へとふたりを促す。今日も閑古鳥の鳴く楽器店の店頭に展示された有名メーカー製のキーボードは、パソコンと繋げば、もはやできないことはないのではないかと思われる。

試しに、原曲のままのキラキラした音を奏でると、峻音の目が輝く。その様子を見て、この子は本当に音楽が好きなのだと、悠宇は嬉しくなった。

峻音は興味津々といった顔で電子楽器とパソコンのディスプレイを交互に見やる。デジタルネイティブと呼ばれるいまどきの幼稚園児は、タブレット端末くらいなら教えられずとも簡単に使いこなしてしまう。ソフトシンセはどうだろうか。峻音もさほど詳しくはないが、きっかけくらいは与えてあげられるかもしれない。

「悠宇ちゃんにはコーヒー、峻音くんにはオレンジジュースね」

店主がケーキとドリンクを乗せたトレーを手にやってくる。店の片隅に置かれた商談用のテーブルにふたりを促しつつ、「小さい子は呑《の》み込みが早いねぇ」と感想を述べた。

おやつの時間、峻音はソフトシンセやキーボードのカタログを夢中でめくっていた。電子楽器は高価だが、有働ならいくらでも峻音のために環境を整えられるだろう。

おやつの時間を挟んで、もう一度防音室に戻ってピアノを弾いたら、悠宇の休憩時間は終わりに近づいていた。

時間ぴったりに、「お迎えだよ」と店主が呼びに来た。

その背後から、想像とちょっと違う風貌の、有働の部下が進み出て、悠宇に深々と頭を下げる。

「お世話になります。有働の代理で峻音坊ちゃんの迎えにあがりました」

長身に鍛えられた肉体を包むブラックスーツの威圧感に、悠宇はもちろん店主も困惑が隠せない。峻音を送って来たときに有働のために車のドアを開けた白手袋の運転手は、いかにも誠実そうな中年男性だったように記憶しているが……。

だがとうの峻音は「おつかれさま！」と、迎えの男性に駆け寄って、ニコニコと声をかける。

「楽しいお時間だったようで、ようございました」

迎えの男性は、峻音にも慇懃《いんぎん》に腰を折る。

「先生に、お礼を申し上げましょう」

「ありがとうございました！」

峻音は楽譜がいっぱいに詰まった重いバッグを自分で抱えて、お行儀よく礼を言った。悠宇もそれに返す。

「ありがとうございました。また来週ね」

店の外まで見送ると、有働が送って来たときとは違う高級外車が滑り込んで来て、迎えの男性は後部シートに峻音を乗せる。自分は助手席に乗り込んで、車は滑らかに走り去った。運転手の顔は確認できなかったが、車が違うし、有働が送って来たときとは別かもしれない。

「ボディガードかねぇ」

傍で、店主が呟く。

「ボディガード？」

「民間のSPのことだよ。最近は子どもの送り迎えとか、ストーカー対策とか、いろいろあって増えてるらしいよ」

大企業の社長さんともなれば、いろいろあるのかもしれないねぇ、と店主はひとり合点して店内へ。その背に「店に戻ります」と声をかけて、悠宇はエプロンを締め直し、花屋の店員に気持ちを切り替えた。

「戻りました」と切り花の手入れをしていた店長に声をかけると、「すごい車がお迎えに来てたね」と小声で話しかけてくる。「あれはボディガードかなぁ？」と、楽器店主と同じことを言うのを聞いて、悠宇は思わず吹き出した。

だがそのあとで、ボディガードつきで送り迎えされる生活とは？　と考えて、胸が詰まる。峻音が音楽に傾倒する理由の一端が、見えた気がした。

2

店頭の切り花は、できるだけ無駄のないように商品化する。

鉢植え商品は手をかけて手入れするよりほかないが、切り花が時間とともに劣化するのはいた仕方ない。瑞々《みずみず》しいうちに売れてしまえばいいが、そうそう数を読みきれるものではない。

売れると見越して季節の花を仕入れても、いつかのように突然の大雨に見舞われて客足が鈍れば、どうしても売れ残りが出る。

だがそうした花を、極力捨てずに商品化するのも、フローリストの腕の見せ所だ。

いたんだ枝や茎を処理し、開ききった花は捨て、手頃なサイズのアレンジメントフラワーに仕立て直す。そうして無駄を省くことで、客にも還元できるし、何より生命《いのち》ある花をいたずらに捨てずに済む。

植物にも命がある。

ワンコインで買える小さなアレンジメントをつくっているといつも、「きっと植物は人間とは違う言語で同じ種族同士会話しているに違いないよ」と冗談口調で笑っていた生前の父を思い出す。

そう考えると、仕入れから日の経った花も、少しでも綺麗におめかしして、気に入ってくれた人の手に渡るといいと思うのだ。

とくに夕方、商店街に買い物客が増える時間帯に、テーブルを飾る小さめのアレンジメントがよく売れる。食卓を彩る花は、心の潤いだ。

家族団欒《だんらん》の場に、ちょっとした彩りを添えられるなら、そんな嬉しいことはないと思いながら、ひとつひとつ丁寧につくっている。小さなアレンジメントだからこそ、フローリストのセンスが活《い》きる。

「楽しそうだね」

鼻歌交じりに作業をする悠宇を見て、店長が笑いながら言葉をかけてくる。「アレンジに現れてるよ」と言われて、そんなに浮かれてるかな？　と首を傾げた。

「そっか、今日は木曜日だ」

だからだね、と言われて、なんだか妙に照れくさい。

「休憩、長めにいただいちゃってすみません」

作業の手は止めず頭を下げると、店長は「いいのいいの」と豪快に笑った。

「峻音くんはいい子だし、有働さんはついでにうちの花も買ってくれるし、いいことずくめだよ」

悠宇の時給と、有働が毎度購入していく花の値段を天秤《てんびん》にかけたら、お釣りがくると言うのだ。現金なことを言いながらも、店長が気遣ってくれていることがわかって、悠宇は「ありがとうございます」と今一度頭を下げた。

悠宇がこの店で働くことになった経緯も、音大受験を諦めた過去も店長は知っているから、悠宇が以前より多くピアノに触れる機会ができたのを、喜んでくれているのだ。

「毎度、悠宇ちゃんのアレンジメントご指名で。よほど気に入られてるね」

以前は月に一度、たぶん月命日に供えるためのものだろう花を買うために立ち寄っていた有働が、墓前に供えるものではなく、生活を彩るための花を買ってくれるようになった。色も雰囲気もお任せと言われるから、悠宇はいつも峻音の生活空間に飾られることを想定してつくっている。

「あ、いらっしゃったよ」

店長の声に促されて首を巡らせると、路肩に停車した車から父子が降り立つところだった。運転手ではなく、最初の日に峻音を迎えにきたボディガードがドアを開けている。有働が峻音の手を引くのを確認して、ボディガードはサッと助手席に乗り込み、車が走り去る。そろそろ見慣れていい光景だが、何度見ても映画かドラマのワンシーンのように思えてしまって、現実味が湧かない。

「休憩いってきます」と店を出ると、店頭に立つ悠宇に気づいて、峻音がたたっと駆け寄ってきた。

「おにいちゃん！」

「走ると危ないよ」

「転んだら大変だ」と笑いながら、飛びついてきた峻音を抱き上げる。

その後を追うように、有働が長いストライドで通りを渡ってくる。庶民的な商店街の外れ、行き交う人の喧騒《けんそう》からは離れた落ち着いた場所ではあるが、光沢感のある上質なスーツに身を包んだ長身は、異彩を放っていた。要はとても目立つ。

「お世話になります」

低く落ち着いた声がかけられて、悠宇は「こんにちは」と微笑み返す。

有働の手には、有名パティスリーのショッパーが提《さ》げられている。たぶん、最初の日、帰宅後に峻音がご馳走《ちそう》になったことを話したのだろう。次から毎度、何かしら手土産《みやげ》を持参してくるようになった。楽器店主は、気遣いは不要だと断ったが、最終的に甘いものの誘惑に負けたらしい。店主は無類のスイーツ好きなのだ。

有働以外の人間が峻音の迎えに現れたのは、最初のお迎えのときのみで、以降はずっと有働自身が送り迎えについてくる。

峻音を預けて仕事に戻ることが多いが、ときには防音室の片隅でふたりの様子を見ていることもある。今日はどうするのだろうと見ていると、一緒に楽器店の防音室に足を向ける。

階段を上がる前に、出迎えた店主に持参したショッパーを渡すと、店主は嬉しそうにそれを受け取った。「うまい豆を見つけたんですよ」などと、淹《い》れるコーヒーの話をはじめる。有働がコーヒー党だと知って、嬉しくてしょうがないのだ。店主はコーヒー通でもあった。

「それは楽しみです」

人生の先輩の持ち上げ方も心得た返答に、店主が眉尻を下げる。今日もきっと、休憩時間を待ちわびたように丸窓から顔を覗かせるに違いない。

「甘くないものもありますから、彼に出してあげてください」

何度目からか、有働は悠宇のために、ランチになりそうなものを買い求めてくるようになった。悠宇が峻音のために休憩時間を割《さ》いているのを気にしているのだ。

自分も楽しんでいるからと、悠宇は言うのだが、それとこれとは別だと言って、あれこれ差し入れをくれる。ちゃんと講師料をもらっているし、これ以上はもらいすぎだと辞退しても有働は聞き入れない。

「いつもすみません」

「花屋は体力仕事だと聞く。しっかり食べたほうがいい」

差し入れは、有名ブーランジェリーのサンドイッチだったり、デパ地下の弁当だったり惣菜だったり……どれも自炊が常の悠宇の目には贅沢《ぜいたく》に映るものばかりだ。

「少し痩《や》せたのでは？」

顔を覗き込むように言われて、「え？」と焦る。

「そんなことは……」

ただ貧弱なだけだと、自分の口からは言いたくなくて、悠宇は口ごもった。

有働が雇っているボディガードはそれが仕事だから別として、有働もビジネスマンとは思えない鍛えられた体軀《たいく》をしている……ように見える。

スーツは肩幅が広く胸板の厚い鍛えられた体格でなくては本来似合わない。だから悠宇がたまにスーツを着ると、七五三などと揶揄《からか》われたりする。貧弱な体型では、量販店の吊るしのスーツがせいぜいだ。有働のように、誂えの高級品を着こなすことはできない。

セレブは体型維持にも気を遣うと聞く。有働もきっと、鍛えているに違いない。

そんな有働と並ぶと、より自分の華奢《きゃしゃ》さが目立つ気がして、悠宇は気恥ずかしい。十代の頃、身長は伸びても筋肉のつかない体質だと察して諦めたが、それはピアノを弾く上でも筋力が必要だと思ったからだった。だが今は、単純に有働の隣に並ぶのが恥ずかしい。

いいなぁ……と、憧憬の眼差しで有働を見上げる。

鍛えられた肉体の上に乗るのがインテリな二枚目顔で、フレームレスの眼鏡がよく似合う。だが、メガネが二割り増しに男前に見せている、というわけではない。眼鏡がなくても、有働は整った容貌をしている。

「れんしゅうしてきたよ！」

峻音の声で我に返った。

「……え？」

うっかり峻音ではなく父親の有働のほうを観察してしまっていたことに気づいて、慌てて意識を引き戻す。

「せんしゅう、やったとこ。ひけるようになったの！」

峻音が嬉しそうに言う。

取り組んできた曲が完成に近づいているのだ。

「ホント？　聴かせてくれる？」

「うん！」

だが、早速鍵盤に向かおうとする峻音を、有働が止めた。

「峻音、返事は『はい』だ。それから、先生には敬語を使いなさい」

叱りつけるきつい口調ではない。やわらかい声音だが、だからこそ説得力がある。人として身につけるべき礼節を教えようとしているのだ。

「はい、ごめんなさい」

峻音は素直に謝って、悠宇にうかがうような目を向ける。気にしなくていいよ、というかわりに、悠宇は峻音のやわらかな髪をくしゃりと撫でた。

「僕はいいんですよ。全然気にしてないし、峻音くんも懐いてくれて、弟ができたみたいで可愛いし、そんな……」

敬語を使われても困る……と、両手を顔の前で振る。だが有働は、そういうわけにはいかないと受け入れなかった。

「礼儀は礼儀ですから」

ちゃんとさせますと言う有働にそれ以上返す言葉もなく、悠宇はそうですか……と首をすくめるよりほかない。

ちょっと寂しい気持ちもするが、たしかに峻音のためにはそうするべきだろう。峻音に萎縮した様子がないことからも、素直に父親の忠言を聞き入れているようだ。峻音が納得しているのなら、これ以上悠宇がどうこう言うことでもない。

有働は、防音室の片隅に置かれたソファに腰を下ろして、長い足を組み、腕組みをする。なんだか監視されているようだが、有働がこの時間を楽しんでいることは伝わってくる。

息子の成長を喜ばない親はいない。峻音が楽しそうにピアノに向かう姿は、有働にとっても喜ばしいもののはずだ。

峻音のレッスンを見学していくとき、有働はときおり携帯端末に入る連絡に応じるために離席することはあっても、それ以外はずっと目を閉じて峻音の演奏を聴いている。あまりに静かだから、寝ているものと思った悠宇がブランケットをかけてやろうとしたら、あと一歩の距離に近寄ったところで有働がパチリと瞼を開けて、驚いたことがある。

そのときに、メガネの奥の有働の面立ちが、初対面の印象以上に整っていて、そして思いのほか骨太であることに気づいたのだけれど。

フレームレスの眼鏡がインテリな印象を与えるが、それだけではないと感じる。若い頃は意外と、やんちゃもしたのではないか、なんて想像をして、悠宇は自分の妄想力の逞《たくま》しさに呆れた。

「通して弾けたね！」

「もういっかい！　もっとじょうずにひくから！」

「じゃあ、次はここに注意して弾いてみようか」

「すごい！　おとがキラキラしてる！」

「峻音くんはどっちの音が好き？」

「おにいちゃんの！」

峻音とのやりとりを悠宇自身が楽しんでいるうちに、レッスン時間はあっという間に過ぎていく。そうこうしている間に、待ちかねたらしい店主が丸窓から顔を覗かせて、悠宇は「休憩にしよっか」と峻音を促した。

すでに峻音も心得たもので、「はぁい」と元気に返事をして、重い防音扉をうんしょっと開《あ》け、店主に笑みを向ける。ドアが開くと、途端にコーヒーのいい香りが新鮮な空気とともに流れ込んできた。最初のときは階下のテーブルで休憩を取っていたのだが、店主が使っていなかったというソファセットを防音室に持ち込んで、それからはこの場でおやつタイムをとるようになった。

バンドが練習に使えるようにとつくられた防音室だから、グランドピアノが置かれていても、片隅にソファセットを置く余裕がある。

とはいえ、窓のない部屋で息苦しさは否めないから、休憩中はドアを開け放っている。ほかに客の姿はないから問題ない。

有働の差し入れで、ありがたくランチとおやつをまかないつつ、悠宇は隣にちょこんっと腰掛けた峻音の世話を焼く。有働はテーブルを挟んで、隣り合わせた店主の話に耳を傾けている。

「おいしいね」

「ね！」

テレビ番組で紹介されているのを見たことがあるロブスターサンドにかぶりつく悠宇の横で、峻音が小ぶりなシュークリームを頬張る。チーズケーキが有名な名店のもうひとつの名物だという。

悠宇が口に運ぶロブスターサンドは、とてもファストフードとは思えない値段で紹介されていて、テレビ画面を凝視した記憶がある。

峻音の口元にカスタードクリームがついているのに気づいて、「ついてるよ」と指先で拭い、無意識に自分の口に運ぶ。

向かいから視線を感じてはじめて頬が熱くなる。微笑ましげな顔を向ける店主の横で、有働がグラスの奥の目を細めている。

「すみません」

お行儀の悪いことをしてしまった。

「本当のママみたいだねぇ」と笑う店主の横で、有働が驚きつつ苦笑して、「年の離れた兄弟では？」と訂正する。

「どんなに可愛くても、悠宇くんは男の子ですよ」

「あはは、そうか！」

豪快に笑う店主より、有働の発言のほうが問題のような気がするが、指摘するのもはばかられ、悠宇は残ったロブスターサンドを口に押し込んだ。一口には大きいそれを懸命に咀嚼《そしゃく》していると、傍の峻音が悠宇を見上げて、目をパチクリさせる。

「おにいちゃん、リスみたいだね」

「……っ！」

かろうじて噴き出すのは耐えたが、むせて咳《せ》き込んでしまった。慌てた峻音が「おにいちゃん、だいじょうぶ？」と小さな手で背中をさすってくれる。

「ぱぱぁ」

どうしよう？　と峻音が有働に救いを求める。とうの有働は、口元を歪めながら――笑いをこらえているのだ――峻音と場所を入れ替わり、水のグラスを握らせてくれた。

零さないように手を添えてくれるのは、普段峻音にそうしているからだろう。

「気をつけて」

「す…み、ませ……ん」

どうにかロブスターサンドを水で流し込む。

大きな手が背をさすってくれるのを、「もう大丈夫です」と制しても、支える手は去らない。

「おにいちゃん、ごめんなさい」

峻音が膝にすり寄ってくる。

「平気……驚かせてごめんね」

有働が峻音を膝に抱き上げて、何やら耳打ちした。峻音が高い声で笑う。

「なんです？」

二人だけ楽しそうでずるい、と横からうかがうと、有働は素知らぬ顔でコーヒーカップに手を伸ばす。それを真似て、峻音はオレンジジュースのコップに手を伸ばした。――が、手が届かないので、悠宇が取って渡してやる。

「教えてよ」

父親を真似てすまし顔の峻音の横顔をじっとみつめると、ちらっと有働を見上げたあと、悠宇の耳元に顔を寄せて、「ないしょだよ」と囁《ささや》いた。

この状態で、いったい誰になにを内緒にするのか。つい笑ってしまいそうになるのをこらえて、「もちろん」と真剣な顔で頷く。

「あのね、ぱぱがね、おにいちゃんはリスじゃなくてウサギさんだ、って」

今度は向かいで店主が噴き出した。

「……」

なにをどう喩《たと》えているのか。

成人式などとうの昔に終えた年齢の成人男子に、リスもどうかと思うが、ウサギはもっとないと思う。

「今年のハロウィンのネタは決まったね」

峻音を音楽家にしたいのなら、峻音がそう望むのなら、自分にはなにもしてやれない。

「あの……、新しい先生はみつかりそうですか？」

どういう条件で探しているのかは不明だが、せっかくの才能を正しく伸ばしてくれるピアノ講師に、早く師事したほうがいい。

「探しているのですが、なかなか――」

難しくて……と、有働が言葉を濁す。

峻音が教室に通えなくなった理由を聞いていないから、どういう人を探しているのかと、安易に尋ねることもできず、悠宇は「そうですか」と返すのみだ。

いったい何があったのだろう。

音楽教室ならではのトラブルは悠宇の周辺でもちょくちょく聞かれたが、有働のような交渉になれているだろうビジネスマンが、そういったトラブルを回避できないとは考えにくいのだけれど……。

とくにピアノ教室の場合、講師も保護者も女性、生徒も少女、という場合が多いから、ようは女同士の面倒な事態というのが、実のところ起きやすいのだ。

男児の保護者として父親がついてきている場合、女性講師は同性を相手にするときとは態度を変えるから、問題は起きにくい。

あるいは、有働が男性だからこその問題だろうか。峻音にかかわるものではなく、女性講師や保護者の母親との間で、トラブルがあったとか……。

そんな下世話なことをついうっかり考えてしまって、安っぽい昼ドラの脚本じゃないんだから！と胸中で自分に突っ込む。でも有働なら、どんな女性も放っておかないだろう。峻音の母親に立候補したい女性はいくらでもいるはずだ。

「先生？」

「……え？」

間近に呼ばれて、我に返る。

「やはりお疲れなのでは？」

有働に気遣われて、慌てて首を横に振った。下世話な想像を働かせていたなんて言えない。

「だ、大丈夫です」

逃げるように有働から距離をとる。その足で防音扉を閉めようと手を伸ばすと、タイミングよく階下から、店の入り口の自動ドアが開く音が聞こえた。店員に知らせるために鳴る機械音だ。

「閑古鳥も、たまには鳴き止んでくれるようだね」

そんなことを呟いて、店主が応対に出ていく。階段を降りる靴音につづいて、「いらっしゃいませ」と店主の声が聞こえた。店主は閑古鳥などというが、調律の手配や音楽教室の紹介、定期的に発行される楽譜の納品など、店はちゃんと顧客を持っている。

だが、いくらも経たないうちに温厚な店主らしからぬ苛立ちを感じさせる靴音が階段を登ってきて、防音扉を閉める直前で、悠宇は何ごとかと手を止めた。

「おじさん？」

戻ってきた店主は、苛立ちを含んだため息を落とす。いつも温厚な人にしては珍しい。そして、

「いやはや参ったねぇ」と長嘆した。

「どうしたんですか？」

悠宇が怪訝そうに尋ねると、「実は今日がはじめてじゃないんだけど」と言葉を継ぐ。

「悠宇ちゃん、お店のほうにも最近来てないかい？　ガラの悪い連中」

楽器店にはおよそ似つかわしくない連中が店に入ってきて、何を買うでもなく店主に威嚇《いかく》するような視線を向けつつぐるっと店内を一周して出て行ったのだという。

「もしかして駅向こうの開発がらみのですか？」

悠宇は、最近になって店長から聞いた話を思い出す。

「僕はたまたま店にいなかったんですけど、店長が店番してたときに来たらしくて、なんだあれは！って言ってました」

花屋には様々な客がやってくる。一見強面《こわもて》の作業服姿の男性が、妻に……と照れ臭そうに花束を買って行くこともあって、見た目とのギャップがより微笑ましかったりもする。でも、店長から聞いた客の風貌は、それとも違っていて、ただの嫌がらせにしか感じないものだった。

「やっぱりそうか。駅に近いお店には、もっと前から来てたらしくてねぇ。話には聞いてたんだけど、こんな外れまで、何しに来るんだか」

店主が呆れの滲む声で言う。

「このあたりは再開発と関係ないのに」

いったい何の目的で……と、悠宇も首を傾げた。

いつのまにかピアノの音が止まっている。

この場の主役であるはずの峻音に関係のない話をしていたと気づいて、レッスンに戻ろうとする。

その足を止める声が予想外に話を継いだ。

「駅向こうが整備されれば、こちら側にも人が流れてくると踏んでいるのでしょう」

それまで黙ってふたりのやりとりを聞いていた有働が、手にしたスマートフォンを胸ポケットにしまいながら言う。仕事の連絡が入っていたのだろう。

「有働さん？」

店主に「被害は？」と尋ね、店主が特に何もない、と返すと、そうですか……と頷く。

「人か物に被害が出ないと、警察は動いてくれないからねぇ」

店主が諦めぎみに言う。

民事不介入というやつだ。相手が暴力団ならともかく、ただのチンピラでは「巡回のときに注意します」という以上の対応は期待できない。

「悠宇くん、ケータイを」

「え？」

有働の求めを察して、スマートフォンのスリープを解除して渡す。

有働は一言断って電話アプリを立ち上げると、ナンバーを打ち込み、「登録しておいてください」と端末を返した。

「名刺に記載していないプライベートのナンバーです。仕事用のほうは秘書が応じることもありますが、こちらは私以外出ませんので」

もし万が一何かあれば連絡するようにと言われる。悠宇は慌ててナンバーを登録した。実を言えば、最初にもらった名刺に記載されたナンバーやメアドは、その日のうちに登録済みだ。それとは別に、有働のプライベートとわかるように入力して、新規保存する。

だが、夜中でも構わないと言われて、「そこまでのことは……」と遠慮ぎみに返した。有働の反応が大袈裟《おおげさ》すぎるように悠宇には感じられたのだ。

咄嗟《とっさ》に浮かんだのは、峻音を迎えに来た民間のボディガードと思しき男性。今日、有働と峻音を乗せた車の助手席から降り立ったのも、ボディガードと思しき体格のいい人物だった。

「有働さんのような立場とは違いますし、そんな大袈裟なことは……、ねぇ、おじさん」

「あ、ああ。商店街でもとくに何かされたという話も聞かないしねぇ。ガラが悪い連中がウロウロしてて気味が悪いってくらいのことで……」

顔を見合わせて返すふたりに、有働は「何かあってからでは遅いですから」と言う。

「充分ご注意ください」

声の真剣さに悠宇と楽器店主は、今一度顔を見合わせた。

「あ…りがとう、ございます」

「気をつけるよ」

そこへ、ピアノ椅子に座っていた峻音が、たたっと駆け寄ってきて、悠宇のスマホの解除を試みる。何がしたいのかわからないもののパスワードを打ち込んでスリープを解くと、今度は自分のキッズケータイを差し出してきた。どうやら「パパだけずるい」ということらしい。頬が膨れている。

その愛らしい拗《す》ね顔に小さく笑って、有働に確認をとってから自分のナンバーを峻音のキッズケータイに登録した。

メッセージアプリも使えるようなので、峻音にはこちらのほうがいいだろうと、メッセージを送り合えるように設定をする。

喜んだ峻音は、早速可愛らしいスタンプを送ってきた。「ご迷惑にならないようにするんだぞ」と有働に言われて、大きく頷く。

有働は、メッセージアプリを利用していないのだろうか。聞きたかったが、躊躇われて、結局聞けない。峻音とのやりとりに使うことはあるかもしれないが、日常的に利用している姿は想像できなかった。

峻音から立てつづけに三つほどスタンプが届いて、「ピアノ弾こう」と、意識をピアノに引き戻す。

峻音はすぐにキッズケータイをしまって、ピアノ椅子によじ登った。隣に来て、というように、椅子の座面をぽんぽんと叩く。

それを有働が注意しようとするのを察して、悠宇は軽く首を振ることでそれを止めた。有働は躾を気にするのだろうが、ピアノを楽しむ気持ちに水を差したくない。

「通しで弾くよ。間違えてもいいから、止まらないでね」

「はぁい！」

峻音の隣に腰を下ろし、いいお返事に笑みで返す。

週に一度の峻音との時間は、いくらも回数を重ねないうちに、悠宇にとってかけがえのないものになっていた。

いつか両親と過ごした店舗兼住居を買い戻して自分の店を持ちたいという目標のためだけに自分のすべての時間を使ってきた悠宇に、自分でそうと自覚する以上に純粋に音楽が好きだったのだと気づかせてくれる時間になっていた。

母を喜ばせたくて、そのためだけにピアノを弾いていたわけではなく、あのまま音大に進んで、人生を音楽に捧げていたとしても、きっと悔いはなかった。

かといって、今の自分に不満があるわけではない。フローリストの道を選んだことを、後悔はしていない。

ひとつ悔いがあるとすれば、大学に進んで教育課程を履修しなかったことだ。自分に教育者としての知識があれば、峻音を導いてあげられたのに。

長閑《のどか》な街だ。

有働は、車窓を流れる街の風景に、常日頃自身が身を置く世界と正反対の空気を認めて目を細める。

悠宇と過ごす時間がよほど楽しくてならないのだろう、はしゃぎすぎた峻音は迎えの車に乗り込んだ途端に眠りに落ちて、有働の膝を枕に仔猫のように体を丸めて眠っている。寝顔に母親の面影が過《よぎ》って、有働はわずかに眉根を寄せた。

頬にかかる髪に指を伸ばしかけて、止める。

膝に乗る高い体温は、有働にとって生きる意味であり、今は亡き大切な存在から託された宝でもある。一方で、アキレス腱《けん》であることも間違いのない事実だ。

「調査させたときより、治安が悪化しているようだな」

助手席に座る男に、有働がバックミラー越しに問いを投げる。

薄いグラスの奥で前方を見据える眼差しは、善良なフローリストの青年と気のいい楽器店主と過ごしていたときとは、まるで別人の鋭さを宿している。

峻音にも、極力見せないようにしている顔だ。

血縁者が持つ裏の顔など、幼子が知る必要はない。もちろん、善良な青年が知る必要もない。

「申し訳ございません」

大柄で強面の男が慇懃に返す。

悠宇は有働が峻音のために雇っている民間のボディガードだと思っているようだが、助手席で常に周囲に警戒を漲《みなぎ》らせる男は、有働の側近のひとりだ。ステアリングを握る男は彼の下に位置する。朴《ぼく》訥《とつ》とした中年男に見えるが、それは彼が一運転手の仮面をかぶっているためだ。助手席の男同様、いざというときに峻音の安全を確保できる人材として、有働自身が選んだ。

「警察に目をつけられることのないよう指示が出されているようで、組対も目立っては動けないようです」

ここ何十年かの間に都心の主要駅の周辺環境を大きく様変わりさせた再開発の波が、郊外の長閑な街にも届こうとしている。

だが、金が動けば利権が動く。利権に群がるのは金の亡者ばかりではない。犯罪に手を染める者たちが、金の匂いを嗅《か》ぎつけ、おこぼれを狙って群がってくる。

そのなかに、暴力的な連中や、組織化すらされていないチンピラが混じるのは、土地を裏から牛耳る組織の力が弱体化しているが故だ。そのあたりの裏事情は、耳に入っている。

住民からの苦情にも警察が表立って動けず、地域課の巡回数を増やす程度の対応しかできないでいるのは想像に容易い。事件が起きてからでなくては動かないのが警察だ。

だからといって、放置はできない。有働にとって肝心なのは、何より峻音の安全。もちろん、悠宇も楽器店主も、あの商店街に暮らす善良な人々の平穏を乱す者の存在は見過ごせない。

ピアノに向かう峻音の楽しそうな横顔はもちろん、峻音に向ける青年の笑顔も、ひととき有働に癒しを与えてくれる。

大切な存在を守る。——言うは易し、と痛感させられたのは、幼い峻音をこの腕に抱いたときだった。

二度と愚は犯さない。

そのために必要とあらば、有働は容赦なく闇の手段を選択する。常は隠した真の顔を見せることに躊躇はない。

「開発業者のバックは割れています。その先の金の流れも……」

いかがいたしますか？　と助手席からバックミラー越しに指示を求めてくる。有働は「証拠を押えろ」と短く返した。

仕掛けるのはいつでもできる。だが、いまはまだそのときではない。

「御意《ぎょい》に」

側近の応えに頷いて、膝に視線を落とす。

小さな手が、有働のスーツのジャケットの裾をぎゅっと握り締めている。

何かにすがるような寝姿に、幼子の精神状態が現れているようで胸が痛むが、自分にしてやれることなど高が知れている。自分には、悠宇のように峻音を屈託なく笑わせてやることはできない。

守るものなど、持つまいと生きてきた。

それが許されないと、二年前に知った。

峻音の母親が死んだとき——殺されたとき、その原因が自分の生きてきた世界にあると知ったとき に、はじめて信じてきた足場が揺らいだ。だがもはや、後戻りはできなかった。

闇に生きる者としてのやり方で、犠牲《ぎせい》になった命に報いた。

その報告に訪れた一年前のあの日、たまたま入った花屋の青年——悠宇が有働の伝えたイメージを形にした可憐な花束は、目に見えぬ血に染まったこの手に実に不似合いで、だが、堕ちるところまで堕ちかけていた有働の精神に、一筋の清涼な風を送り込んでくれた。

忘れかけていた峻音の母親の笑顔を、思い出させてくれた。

安全を考え、里子に出すことも考えていた峻音を自分の手で育てる覚悟を決めたのは、この直後のことだ。

「いい街だと、自分も思います」

有働の心を読んだかに、側近が言葉を寄こす。車窓を流れる街の景色に目を細めて、有働は「そうだな」と呟いた。

3

十八日。

以前から、有働が花を求めに来ていた日付。今月は、水曜日に当たった。峻音のレッスンは毎木曜日だ。

先月とは打って変わっての快晴。悠宇が楽器店の店頭に佇む峻音に声をかけてから、一カ月が経過したことになる。

まだ一カ月？　というのが、悠宇の印象だった。

よく考えれば、峻音が悠宇のもとを訪れるのは週に一回で、数える程度しか会っていないことになるのだが、もうずっとこうして過ごしているかのような、そんな印象を抱いていたのだ。

有働が店を訪れるようになってからは、一年以上になる。だからそんな印象を持ってしまうに違いない。

初めて花を買いに訪れた日のことは、やけに鮮明に覚えている。

あのときは、ただリクエストに応えるので精一杯だった。明るい色味で可愛らしい花をと言われて、きっと女性への贈り物だと思い、こんな素敵な男性から花を贈られる人は幸せだなぁ……なんて、呑気に思いながら、自分だったらどんな花を貰ったら嬉しいかと考えながらアレンジした。

翌月、先月の同じ日に花を買いに来た客だとすぐに気づいて、そして有働が店を出たあとで思い至ったのだ。もしかしたら、あの花は墓前か仏前に供えるものではないのか、と……。

三度目――つまりは三カ月目にしてようやく、その確信を持ち、だが有働が詳細を語ることはなく、いつも悠宇を指名して花を買っていく。

五度目の来店だったと記憶している。つまりは五カ月目だ。いつもどおり支払いを済ませて店を出ようとした有働が、店頭に見送りに出た悠宇を振り返り、言ったのだ。「いつも素敵な花をありがとう」と。それ以前から、他の常連客とは違った位置付けにあったひとりの客が、悠宇のなかで特別な客になった瞬間だった。

あれから半年あまり。

有働と客と店員として以上の言葉を交わし、すっかり趣味で弾くだけになっていたピアノと再び向き合うことになるなんて、考えてもみなかった。

有働父子が、悠宇の生活に、大きな変化をもたらしたのだ。

この日、これまでどおりひとりで花を買いに現れた有働は、花についてあれこれリクエストすることはなく、ただ「季節の花を」と、いつものオーダーを口にしただけだった。

月命日に供える花。

毎月のことだから、季節ごとに変わる彩りを、との有働の気遣いだと、悠宇は理解している。有働は多くを語らない。けれど、花を手向《た》ける人への深い愛情が感じられる。

「お気をつけて」

店の外まで見送ると、有働は足を止めて、「ありがとう」と返してくれた。「また明日」と言っていたから、今日は墓参りをして、そのまま帰宅するのだろうと思っていた。

だが、しばらくのち、有働は峻音を連れてもう一度店を訪れた。墓参りを終えて、その足で来たのだろう、有働からはかすかに線香の香りがした。

有働が花を買いに来たときは、車で待っていたのだという。有働に手を引かれた峻音は、愛らしい頬を膨らませ、口をへの字に曲げていた。

「どうしたの？」

悠宇が目線を合わせて尋ねると、きゅっと唇を噛んで、俯いてしまう。有働に顔を向けると、眉根を寄せて「お仕事中に申し訳ありません」と詫びられる。

「どうしても悠宇さんとピアノを弾きたいと言って聞かないものですから」

レッスンは明日だから今日はダメだと諭《さと》して、でも峻音が聞き入れず、顔を見るだけだと言い聞かせて、店に引き返して来たのだという。

よく見ると、峻音の頬には涙のあと。

近くまで来ているのに、墓参りだけしてそのまま帰らなくてはならないのが、どうにも納得いかなかったらしい。

「わかっただろう？　先生はお仕事中だ。お邪魔にならないうちに帰ろう」

「……」

悠宇が、花屋の店員であることは、峻音も理解している。だから、頷かないまでも、ピアノを弾きたいという以上のワガママは口にしない。

「休憩行って来たら？　って言おうかと思ったけど、そういや今日、お隣さんは早仕舞いだったね」

店の奥の観葉植物に水をやっていた店長がジョウロ片手に奥から出てきて、「ピアノ弾けないなぁ」と、申し訳なさそうに峻音を見やる。

「お気遣いいただいて、申し訳ありません」

「いやいや、有働さんにはいつもお花を買っていただいてますし。そうそう、今月に入って三件も、有働さんのご紹介だっていう定期の契約がとれたんですよ！」

ありがとうございます！　と、店主はニコニコだ。立てつづけに、店に花を飾りたいという大口の契約がとれて、いずれもご新規だったため、どこで店のことを知ったのかと尋ねたら、有働の紹介だと知れたのだ。

「ピアノは弾けないけど、休憩しておいでよ。なんだったら、早上がりでもいいよ。今日は、うちのかみさんもいるし」

店主の申し出に、有働は「ありがとうございます」と応じた上で、「日にち指定で」と、配達のオーダーを二件入れた。いずれも水商売と思しき店宛で、女性の源氏名と思しき宛名だった。

「ホステス……さん？」

つい零れ落ちた呟きに、有働は「接待で使う店です」と、苦笑で返してくる。こんな店に通っているのかと、詰《なじ》るように聞こえたのかも知れない。

あるいは子どもっぽい反応に聞こえたか。そんなつもりはなかったものの、不快に感じたのはたしかで、悠宇は自分の感情に戸惑いつつ、「こんな気を使っていただいては——」と、恐縮した。

「もともとそのつもりでいたんですよ」と、有働は取り合わず、店長に「悠宇くんをお借りします」と、今一度頭を下げる。

高額の注文を二件も受けた店長はホクホクで、「いいお客さんだね」と小声で悠宇に耳打ちした。


いつもの運転手付きの車の後部シートに、峻音を真ん中に挟む恰好《かっこう》で乗り込んで、車が向かったのは、店から随分と離れた都心だった。

戸惑う悠宇に「日付の変わらないうちにお送りしますから」と有働が断りを入れる。峻音はというと、有働に手を引かれて店に来たときとはうってかわって上機嫌で、悠宇にくっついて離れない。

話を聞いて欲しいときの子どものように立て板に水でおしゃべりをつづけるというのではなく、母コアラにしがみつく子コアラがごとく、悠宇の腕にしがみついている。ときおり悠宇を仰ぎ見ては、嬉しそうな、でも少し照れくさそうな顔をして、また前を向く。その繰り返し。

峻音の小さな頭を撫でてやって、小さな身体を自分に引き寄せるように腕を回した。

車中、有働は助手席に座るボディガードの男性と二言三言、なにやら確認のような言葉を交わしただけで、あとはずっとタブレットに向かって仕事をしていた。

その間、何度か電話に応じていたが、あまりに流暢《りゅうちょう》すぎる英語と中国語と、たぶんスペイン語で、悠宇にヒアリングは無理だった。海外旅行時に買い物で困らない程度の英語は話せても、ほぼネイティブだろう有働が操るビジネス英語は、まったく鼓膜に引っかからない。中国語や、ましてたぶんそうだろうと判断がつくだけのスペイン語など、単語すら拾えなかった。どうやら有働の仕事は、海外とのやりとりも多いようだ。

もちろん、タブレットのディスプレイに表示される言語も英語とスペイン語らしきものと、あとは漢字の羅列でチンプンカンプンもいいところ。覗き見防止シートが貼られていなくても、情報漏洩《ろうえい》の心配はない。

「パパ、カッコいいね」

峻音に小声で耳打ちをする。峻音はパァ…ッと顔を綻《ほころ》ばせて、「うん！」と大きく頷いた。

「なんの話だ？」

峻音の声が聞こえたのだろう、有働がタブレットを操る手を止めて、尋ねる。焦る悠宇を横目に、峻音が「ナイショ！」と可愛く答えた。そして「ね！」と、悠宇に同意を求めてくる。

「なるほど、私の悪口だな」

有働が面白そうに茶化すのを聞いて、悠宇は慌てて「違います！」と訂正した。

「お仕事されてるところをはじめて見て、カッコいいな……って……」

うっかり口にしてしまって、カッと頬が熱くなるのが自分でもわかる。バックミラー越し、助手席の強面のボディガードまでもが目を見開くのがわかって、悠宇は羞恥《しゅうち》に首をすくめた。

「す、すみません……」

ククッと、こらえきれずに溢れた笑いは、有働のものではなく、意外なことに助手席のボディガードのものだった。

有働がフレームレスの眼鏡の奥の目を細めるのを見て、「失礼いたしました」と咳払いするものの、口元に浮かぶ笑みは消せない様子。よく見れば白手袋の運転手も、微笑ましげな視線をバックミラー越しに寄こしている。

自分はそんなに妙なことを言っただろうかと、逆に悠宇のほうが首を傾げる。失礼なことを言ってしまったとは思ったけれど……。

だが、有働はもちろん、助手席のボディガードも人の好さそうな運転手も、何も答えてくれず、悠宇は峻音と顔を見合わせた。峻音はというと、父親が褒められていることは理解しているのか、嬉しそうに悠宇の腕に小さな手を絡めてくる。

自分より父親に甘えたらいいのに……と思わなくもないが、悠宇も峻音に懐かれるのは嬉しくて、ぎゅっと抱きしめ返した。

小一時間ほど走って、車が滑り込んだのは悠宇がこれまでの人生で足を踏み入れたことのない、ラグジュアリーホテルの車寄せ。そこで有働父子と悠宇だけが車を降りて、コンシェルジュに案内されたのは、高層階のメインダイニングだった。

ファストファッションにしか袖を通したことのない悠宇は、今日もいつもどおりのカジュアルな恰好だ。ホテルに一歩足を踏み入れた瞬間から場違い感を覚えていたのだが、店の奥の個室に通されてひとまず安堵する。せめて他の客の目を気にすることなく過ごすことができると思ったからだ。——が、もちろん有働は悠宇の恰好を気遣って個室を希望したわけではない。

あまりに慣れなくて挙動不審に陥る悠宇に、有働は「峻音がいますから」と、他の客への気遣いであることを告げた。

小さな子ども連れの客に対して、落ち着いた空気を乱されるのではと危惧《きぐ》する客も多いだろう。ファミレスやファストフード店ではないのだから、騒がしくされてはたまらないと感じるのは当然のことだ。もちろん、ファミレスやファストフード店であれば騒がしくしてもいい、という意味ではない。

一方で、有働のように周囲を気遣いさえすれば、小さな子ども連れにとってこれほど居心地のいい空間もない。行き届いたサービスを受けられる上、一流の味を知るという意味での食育にもなる。

「僕、こんなお店はじめてです」

失礼があったらすみません、と先に詫びておく。恐縮する悠宇に、有働は「部屋のほうがよかったかな」と、言葉を返した。

食事のためだけに、シングルルーム一泊の最低料金が十万円近くもするホテルの部屋をとるという意味か？　食事をするのに、シングルはあり得ない。ダイニングテーブルがある部屋となると……。

――スイート、ってこと？

悠宇は慌てて「大丈夫です！」と、大きく首を振った。食事にいくらかける気なのだろう？　庶民の悠宇には、見当もつかない。

「苦手なものやアレルギーはあるかな？」

悠宇の内心の焦りなど気づかない様子で、有働は悠宇にも気遣いを向ける。反射的に「特には……」と返したあとで、子どもの頃からどうしても苦手な食材があるのを思い出し、「あの……」と言葉を濁した。

「フレンチで使われるかわからないですけど、青魚が……生はとくに……」

鯖《さば》の塩焼き以外、鯵《あじ》も秋刀魚《さんま》も鰯《いわし》も寿司ネタのコハダも、どうしても口の中に生臭さが残る気がして苦手だ。

「子ども舌ですみません」と首をすくめると、有働は「次は寿司にしよう」と、冗談なのか本気なのかわからない言葉をよこしたあと、オーダーをとりに来た店員に、「青魚以外で」と短いオーダーを告げた。あとはシェフにお任せ、ということらしい。

「かしこまりました」と慇懃に応じて下がった店員が、実は店長であることを、入れ替わりに現れたソムリエとの会話のなかで知る。

悠宇の耳には、何かの呪文《じゅもん》にしか聞こえないワインのオーダーもスマートで、有働の博識ぶりがうかがえた。無駄に知識をひけらかすことなく、ソムリエの提案に頷き、ひとつふたつ確認をとっただけで、あとは任せてしまう。「お連れさまは？」と訊かれて、慌てて「同じものを」と返した。

「坊っちゃまにはいつものジュースでよろしいでしょうか？」と訊かれて、有働に促された峻音が頷き、その時点でようやく、悠宇はソムリエの言う「連れ」と言うのが自分のことであると気づく。

まったく呑めないわけではないが、あまり強くない。峻音と同じジュースにしてもらおうかとも思ったが、有働がいつも呑んでいるワインに興味が湧いた。少しだけ味見をさせてもらうことにする。

峻音が食べやすいようにとの気遣いか、一口サイズのオードブルが並べられた皿からはじまって、サラダもメイン料理も、フォークのみで食べられる盛り付けがなされている。あるいは箸《はし》で食べられるフレンチがコンセプトなのだろうか。いずれにせよ、テーブルマナーに不安を抱いていた悠宇にはありがたかった。

美しくプレーティングされた料理はどれも手が込んでいて、見た目も美しく、もちろん舌が蕩けそうなほど美味しい。

悠宇には何が使われているのか、どういう味付けなのか、よくわからないものが多かったけれど、初体験の味はどれも間違いなく美味しかった。

子どもがこういった料理を受け付けるのだろうかと、峻音の様子をうかがっていたのだが、幼少時から慣れていると、味覚は大人並みに発達するのだろうか、好き嫌いなく平らげていて、こちらが驚いてしまった。

高級なステーキというと、日本人はついつい綺麗にサシの入った和牛にばかり目が行きがちだが、提供されたのは放牧牛の赤身肉で、広大な牧草地でごくごく自然な状態で育てられた牛なのだと説明されて、悠宇は本当の上質とはなんなのか、教えられた気がした。

峻音は、ナイフを使うのはまだ難しいものの、フォークを上手に使い、綺麗に食べる。自分が峻音の年齢だったころ、家族以外の人の前で食事をするときに、自分は母に恥をかかせてはいなかっただろうかと、亡き母に聞いてみたくなった。母はきっと、子どもは子どもらしくあればいいと言ってくれただろうけれど、でもきっと峻音とは比べようもなかったことだろう。

多忙だろう有働が、峻音の育児に相当な時間を割き、父親としてできうる限りのことをしている日常が想像できる。それはきっと、亡き峻音の母親への情からくる行動なのだろう。

峻音の母親は——有働の亡き妻は、どんな女性だったのか。有働にここまでさせる女性なら、きっと素敵な人だったのだろうと想像する。峻音が母親似なのだとすれば、美人だったのも想像に容易い。

有働と並べば、きっと壮観な美男美女だったことだろう。

顔も名前も知らない峻音の母親に勝手な想像を巡らせつつ、大きな口でサイコロステーキを頬張る峻音に目を細める。

「美味しい？」

悠宇が尋ねると、峻音は口をもぐもぐさせながら、コクリと頷いた。口の中のものを飲み込んだ後で、「おにいちゃんは？」と尋ねてくる。

「美味しいよ、すごく美味しい」

ふたりのやりとりを、ワイングラスを口に運びつつ、有働が向かいから目を細めて見ている。

デザートプレートは、峻音と悠宇の前にだけサービスされた。有働にはブラックコーヒーのみが出される。

「パパは？」と、峻音が尋ねると、「一口だけわけてくれるか？」と、有働が返した。有働は甘いものがあまり得意ではないのだろう。けれど峻音のために、そう返すのだ。

峻音は少し迷ったあと、一番メインに盛られたフォンダンショコラにフォークを刺し、「はい」と有働の口元へ運ぶ。

「いいのか？」

「うん！」

峻音が差し出したフォークに、有働がかぶりつく。父の満足げな表情に嬉しくなったのだろう、峻音が「これも」と、プチシューにフォークを刺すのを見て、有働が「峻音が食べなさい」と制す。

父と楽しいことを分け合いたいのだろう、峻音がつまらなさそうな顔をするのを見て、悠宇は「じゃあ僕が」と、峻音のかわりに、プチシューにフォークを刺して、向かいの有働に差し出す。

それがいわゆる、「はい、あーん」というやつだと、自分の行動を自分で理解したのは、やってしまったあとだった。

「あ……」

いっそのこと気づかなければ、流せたのに、気づいてしまったら、挙動不審に陥る以外にない。

カッと、頬に血がのぼるのを自覚した。向かいでグラスの奥の瞳に幾らかの驚きを浮かべていた有働が、たまりかねたようにククッと笑った。

もはや悠宇は、差し出した手を引っ込めることもできないまま、固まるよりほかない。

「す、すみません……つい……」

自分と峻音は違うのに……と、おずおずと手を引っ込めようとすると、手にしたフォークごと、その手を摑まれた。

——え？

向かいから手を伸ばした有働が、引っ込めようとした悠宇の手を引いて、フォークを自分の口へ。

プチシューが有働の口に消えて、それでも放されない手から有働の体温が伝わるのを感じて、悠宇は慌てて、手を引っ込めた。

「おいしい？」と、無邪気に尋ねる峻音の明るい声が、どうにか間を持たせてくれる。

「美味しいよ、お兄ちゃんに食べさせてもらったから、とてもね」

有働の言葉に、手持ち無沙汰に口に運ぼうとしていた紅茶を噴きそうになる。

「……っ！」

有働にとってはただの冗談なのだろうが、情けないことにも高校卒業以来、彼女いない歴を長く更新しつづけている悠宇には同性相手といえども慣れなくて、実に心臓に悪い。

いや、同性の有働だからこそ、か。

自分とはまるで住む世界の違う有働の一挙手一投足《いっきょしゅいっとうそく》に目を奪われるのは、同性として憧憬の極みにあるからだ。こんな風になりたいと、思ってもきっとかなわない。出会わなければ、こういう男性が現実にいるのか……と、見惚《みと》れるようなこともなかった。

異性に向けるものとは明らかに違う感情だ。

ただ、有働とだけ知り合ったのなら、世の中には天に二物も三物も与えられた人が存在するのだなぁ……と、憧憬を向けながらも遠い存在に感じていただろう。峻音の存在が、その距離感を縮めているのはたしかで、きっと店員と客という関係では見えてこなかった有働の一面を、峻音を介在することで目にすることができている。

毎日有働と行動を共にしているのだろう人の好さそうな運転手の男性なら、もっと違う有働の表情を見る機会があるのかもしれない。助手席にいたボディガードと思しき男性は、直接雇用なのか、あるいはボディガード会社からの派遣なのか不明だが、彼には仕事のときに見せる以外の有働の素《す》の表情を見ることができるのだろうか。

そんなことが気になってしまう自分を悠宇は訝《いぶか》る。自分など峻音を介して繋がっている、ただの花屋の店員でありピアノ講師にすぎないのに。それ以上でもそれ以下でもありえないのに。

でも、悠宇があの店でフローリストをつづける限り、有働は毎月一度かならず花を買いによってくれる。この先、峻音が新しいピアノ講師に師事することになって、週に一度の楽しい時間がなくなっても、月に一度は有働に会う機会がある。だから……。

——だから？

その先、自分は、何を考えようとしていた？

「お兄ちゃん、シュークリームたべたかった？」

有働にプチシューを譲ったのがかなしくなってしまったのかと、峻音が悠宇の顔を覗き込んでくる。

「え？　……え？」

隣からプチシューの刺さったフォークを差し出されて、悠宇は思考の淵から意識を引き上げた。

「あげる」

峻音が悠宇の口にプチシューを押し込もうとする。自分で食べたらいいと返すのは簡単だが、峻音が求めているのは、そういうことではない。悠宇はさし出されたフォークにパクリと食いついた。そして「美味しい！」と微笑む。

お返しに、小ぶりなガトーフレーズに飾られていた苺にフォークをさして、峻音の口元へ。峻音は「いいの？」とつぶらな瞳を丸くして、そして大事そうにイチゴを頬張った。

「プチシューのお礼だよ」

峻音が、プチシューより苺のほうが好きだろうことは、もはやわかっている。横で見ていた有働が、わずかに口元を緩めた。

「結局、ピアノ弾けなかったね」

自分は美味しいものご馳走してもらって、有働と峻音と過ごせて楽しかったけれど、峻音はよかったのだろうか。

「おにいちゃんといっしょだからいい！」

ピアノを弾きたいとごねていたはずが、いつのまにか、目的がすり替わっている。

「僕も峻音くんとパパと過ごせて楽しいよ」

ありがとう、と頭を撫でると、峻音はまるで母猫に舐《な》められる仔猫のように気持ち良さそうに笑った。

拗ねてはしゃいでお腹いっぱい食べて。

数種類のスイーツの盛られたプレートを食べ終えるころには、峻音はフォークを握ったまま船を漕《こ》いでいた。店に入ったのは早い時間だったが、気づけば随分と時間が経っている。幼子が睡魔に囚われてもいたしかたない。

有働は峻音の手からフォークを取ると、起こさないようにそっと自分の膝に抱き上げる。子コアラが母コアラに抱っこされているような恰好だ。

峻音は小さな手で有働のスーツをぎゅっと握って、すっかり夢の中。眼を覚ます気配はない。

スーツに皺が寄るほどに握りしめる小さな手をちらりと見やって、有働はわずかに眉を眇《すが》める。そして、大きな手で峻音の背を撫でた。

「峻音くん、パパのことが大好きなんですね」

まるで絶対に放さないというようにスーツの生地を握りしめる小さな手が、ここにない母の温《ぬく》もりを求めているかのように見えて、悠宇は切なくなった。有働もきっと、幼い峻音に亡き妻の面影を見ているに違いない。

「本当の父親に、申し訳ないと思っているよ」

「……え？」

怪訝そうに呟く悠宇の反応を見て、有働はしばしの逡巡《しゅんじゅん》のち、そういえばお話していませんでしたか、と前置きをして、思いがけない真実を語った。

「峻音は、私の妹の子です」

ゆるり……と眼を見開く仕草だけで、悠宇が大きな勘違いをしていたことが、有働に伝わったはずだ。有働の亡き妻は、きっと美しい人だったに違いないと、勝手な想像を働かせていた。

「夫婦揃《そろ》って、事故で他界しました」

その後、唯一の肉親だった自分が遺《のこ》された峻音を引き取ったのだと有働が言葉を足す。

「す、すみませんっ、僕、てっきり……」

有働の妻がなんらかの理由で亡くなったのだと思い込んでいた。

「じゃあ、あのお花は……」

亡き妻に手向けるものではなく、亡き妹に手向けるものだったのか。

「峻音くんは？」

知っているのか？　と問うと、有働は「知っています」と頷く。有働が引き取るときに、誤魔化さずに全部話したという。

「どこまで理解しているかはわかりませんが」

そのときから、峻音は有働のことをパパと呼ぶようになったと説明されて、利発な峻音はすべて理解しているのだと悠宇は感じた。

「わけあって、妹とはずいぶんと長く離れて暮らしていました。私のなかの妹の印象は少女のころのままで……空の上で、十代の頃とは好みが変わっていると、怒っているかもしれません」

なるほど、可愛らしい印象の花束のオーダーには、そういう理由があったのだ。

「歳が離れていたので、どうしても子ども扱いしてしまって。子どもが出来たと連絡をもらったときには絶句しました」

義弟を殴りに行くのではないかと、心配した部下に諫められたと、苦笑気味に過去を振り返る。

「大切にされていたんですね、妹さんのこと」

兄弟がいない悠宇には、兄弟間の情というものが、想像でしかわからない。親子とも夫婦とも違う関係は、きっと育った環境によっても変化するのだろう、語る人によってさまざまだ。そんななかで、有働兄妹が良好な兄妹関係にあったことが、有働の口調からうかがい知れる。

「僕のアレンジで満足いただけているかはわかりませんけど、でも有働さんの気持ちは空に届いていると思います。それに――」

言いかけていったん言葉を切り、悠宇は有働に抱かれて安心しきった顔で眠る峻音に顔を向ける。

「峻音くんを大切に育ててらっしゃることに、きっと感謝されていますよ」

峻音を見ていれば、有働のことを実の父親として慕っているのがわかる。もちろん、実親のことを忘れてしまったわけではないだろうが、それでも今自分を庇護してくれるのは有働だと理解して、有働が精いっぱい父親になってくれようとしていることもわかっている。

悠宇の言葉に「だといいのですが」と満足げに微笑むかに思われた有働は、しかしどこか苦しげに目を細めて、「どうでしょう」と自嘲《じちょう》と受け取れる笑みを口元に浮かべた。

――……？

その反応が意外で、悠宇は思わず返す言葉に詰まる。

峻音の実親の事故死に、何か理由があるのだろうか。聴きたい衝動に駆られたものの、いくら待ってもそれ以上有働が口を開くことはなく、悠宇も不躾に尋ねることができなかった。

ただ、有働が何かしら峻音に対して負い目のようなものを抱いているらしいと、悠宇には感じられた。けれど、有働の峻音への愛情は、義務感からくるものではない。それだけは確かだ。

「僕、勝手に想像してたんです。峻音くん、可愛いから、きっと有働さんの奥さんは綺麗な方だったんだろうな、とか」

場の空気を溶かしたくて、つい茶化した言い方をしてしまう。口にしたあとで、言っていいことではなかったと気付いて、悠宇は「……すみません」と首をすくめた。

「男やもめの彩りのない生活が、寂しかったのでしょう」

峻音が悠宇に懐くのもわかる、と苦笑する。つまり、有働の周囲に生活に口を出す女性はいない、ということか。本当だろうか。有働に声をかけられて断る女性はいないように思う。イケメンなんて言葉が軽く感じるほどの色男だし、社会的ステイタスも充分だ。これだけ揃っていたら、峻音の存在が女性に二の足を踏ませることはないように思うのだけれど……。

「峻音のために時間を割いていただいて感謝しています」

悠宇のほうこそ、彼女とデートする時間も取れないのではないかと言われて、悠宇は「彼女いない歴更新中ですから」と口を尖らせた。

「もてそうにみえるが？」

まさか！　と悠宇は首を振った。

「学生時代はまだしも、お金のない男に、女の子は振り向いてくれません」

きっと自分から女性を口説くことなど、人生で一度もしたことがないだろう、男としての魅力に溢れる有働に言われても、虚しいだけだ。

「お店のお給料が安い、って意味じゃないですよ」と、慌てて世話になっている店長にフォローを入れる。

「いつか自分の店が持ちたくて、貯金してるので」

だから、峻音のレッスン料は、実は助かっているのだと舌を出した。

「店？　花屋を？」

「はい。両親も、この近くで花屋を営んでいたんです」

両親の店を取り戻したいのだというと、有働は話すのが嫌でなければ、と気遣いを見せ、その上で詳細を尋ねてきた。

「取り戻すとは？」

理不尽に奪われたかに、聞こえたのかも知れない。しょうがないことだったのだと、口を開く。

「父が死んだときに借金があって、音大進学をとりやめて、しばらくは母とがんばったんですけどダメで……」

悠宇は聞かれるままに、事情を話した。

花屋を営んでいた父のこと、音楽家にさせたがった母のこと、音大進学をとりやめ、いつか父の店を取り戻そうと決めてフローリストとして修行中の身であること、それから……。

「でも、さすがに今度こそ転売されて取り壊されちゃうかも……」

父が花屋を営んでいた物件は、悠宇が生まれ育った実家でもある。

街外れに建つ物件は、趣《おもむき》があるという理由で、いくつかの業種の店舗として貸し出されていたものの、どの店も長続きしなかった。これまではどうにか更地《さらち》にされることは免れてきたが、この先どうなるかはわからない。

「駅向こうの再開発の話もあるし……」

長閑な商店街の雰囲気が好きで、長年この街で店を開いているのに……と、楽器店主も言っていた。

街が綺麗になるのは、治安という意味でもいいことなのかもしれない。商業規模を考えても、これまで以上に多くの客を呼ぶことができるだろう。

でも、古臭いと言われても、人と人の繋がりの感じられる街のあり方が、悠宇は好きだった。

シャッター商店街になってしまっては意味がない、再開発をして客を呼び込まなければ……と、駅向こうの商店街の商工会は決めたようだが、こちら側は反対派が主流で再開発の波に乗り遅れている。

それでも、開発業者からはかなりいい条件を提示されているようで、心を動かされている地主や店主も多いようだ。

それに加えて、ここしばらく街を闊歩《かっぽ》するようになった、ガラの悪い風貌の男たち。駅のこちら側では、ときおり姿を見かけるにとどまっているが、駅向こうの再開発地域では立ち退きを渋る地主に対して、あからさまなものではない、だが脅しと取れる行為をしているらしいとも聞く。

悠宇の周囲で被害があったわけではないから実際のところは不明だが、そういう話が伝わってくるのは事実だ。

面倒ごとに巻き込まれるくらいなら、高く買ってもらえるうちに売ってしまおうと考える店主や地主がいてもおかしくはない。いくら住み慣れた土地、思い入れのある店だったとしても、先が見えない状況が目の前に横たわれば、現状に固執するより目先の利益を取るのが人間というものだ。

「怖い思いをしたことは？」

悠宇の呟きを受けて、有働が眉根を寄せる。

「いえ、僕は何も……ちょっと雰囲気悪いなって思うくらいで」

楽器店主が零したときも、気にかけていた。怖い思いもしていないし、店に何かされたわけでもないと、重ねて返す。その上で個人的に感じている懸念を口にした。

「駅向こうの状況によっては、今後どうなるかわからないですよね、きっと」

長閑な街だったのになぁ……と、自分が幼い頃を思い出して嘆く。

「若い世代を呼び込まないと、街が死んでしまう、っていうのはわかるんですけど」

住人の高齢化がすすめば、商店街はそれこそ死活問題。商売が立ち行かなくなってシャッター商店街化が進めば、昨今取り沙汰される買い物難民問題が住人に降りかかる。住人に購買力がなければ、大型スーパーの出店も望めない。

そうなる前に、街の若返りを図《はか》ろうというのが駅向こうの住人たちの考えで、その余波でこちら側にも、再開発の気運が生まれようとしている。悠宇は現状をそう捉《とら》えていた。

「店舗だった一階は、最初に売られたあとで改装されてて、もう当時の面影はないんですけど、でも今でもときどき、様子を見に行くんです。売り物件の貼《は》り紙みて安心したりして……」

そんなことも、もうすぐなくなるのだろうか。そう考えると少し寂しい。いつかあの店を買い戻したい、というのが悠宇の人生の一番の目標だったから。

「最初からわかってたんですけどね。そんなお金、そうそう溜まるものじゃないってことも、それより早くに売られるか更地にされるだろうってことも」

でも、それでも、両親を相次いで亡くし、思い出の家を手放さなくてはならなかった悠宇にとって、一番わかりやすく、ともすれば悲しみに染まりそうになる心を奮い立たすことができる、生きる目標だったのだ。

「願えばかなう、などと安っぽい励ましをするつもりはないが……」

有働が、すやすやと眠る峻音に視線を落として言う。

「目標もなくただ怠惰に生きるよりよほどいい。無為に時間を浪費する以上に無意味なことはないからな」

有働の声音がいつもの穏やかなものと違って聞こえて、悠宇は長い睫毛《まつげ》をひとつ瞬いた。硬質な印象を与えるフレームレスの眼鏡の奥の瞳に、苦い色が過ったような気がして……。

――有働さん……？

容貌が整っているだけに、いつものインテリ然とした理知的な雰囲気から一変、怖い印象を受けて、悠宇は戸惑いを深くした。

「余計なことを言いました」

悠宇から反応がないことに気づいて、有働が自嘲ぎみに表情をゆるめる。

「いえ……」

あるいは有働にも、語れない過去があるのだろうか。無為に時間を浪費した若い頃が……？

そういえば経営者になる以前の有働の話を聞いたことがない。今現在の地位にどういう経緯で登りつめたのだろう。ＵＤＯと社名に着くからには、創業者なのだろうか、あるいは親から受け継いだのだろうか。

あまり詮索するのも下品な行為に思えて、これまであれこれ訊いたことはなかった。有働のような立場の人物ならば、ネットで調べれば経歴がヒットするのかもしれないけれど、それをしようと思ったことはない。

峻音の父親で、亡くした大切な人のために毎月、雨の日も晴れの日も、たとえ嵐でも花を供えに来るやさしい人。それだけで充分に信用に値すると思えたから。

峻音を見ていれば、有働が信頼できる人物であることは疑いようがない。でなければ、峻音のように素直で愛らしい子には育てられないはずだ。

子は親の背を見て育つ。

良くも悪くも。

母親のいない峻音には、有働だけが導き手だ。その有働が、親としてあるべき姿を峻音に見せているからこそ、峻音は実親を亡くしてもまっすぐに育っている。本来伯父《おじ》である有働をパパと呼び、慕っている。

「僕、嬉しかったんです。峻音くんに、選んでもらえて」

峻音の将来を考えるなら、はやく専門のピアノ講師に師事するべきだが、峻音に求められて嬉しかったのは事実だ。結局、ピアニストどころか音大受験すらかなわなかったけれど、でも母の夢が少しでもかたちになったような気がして……。

二度目に有働が店を訪れたときに、フローリストとして悠宇を指名してくれたときも同じだ。選んでもらえて嬉しかった。あのときは、脳裏を働く父の姿が過った気がした。教えを請えなかった父の背が、大丈夫、と言ってくれたような気がしたのだ。

そう考えると、悠宇はこの一年ほどの間に二度も、有働父子に精神的に救われていることになる。

有働にとっては、たまたま入った花屋の店員でしかない。峻音はきっと、幼子ゆえの感性で、悠宇を選んだだけのこと。それでも、悠宇は救われた。

「峻音くん、いい先生がみつかるといいですね」

才能を正しく伸ばせる指導者がいなければ、どんな才能も花開かない。天才は母親が作るものだと論じる人がいる。音楽業界に限っても、若くして才能を開花させた演奏家の話を聞くと、多くは母親にそれを見抜き導く能力があったことがわかる。某ヴァイオリニストにしろ、某盲目のピアニストにしろ、この母親あればこそ、この才能は開花し、伸ばされたのだと、誰もが思う。その母親がない峻音には、それにかわる人が必要だ。

「峻音が選ぶことです。私には、いくつかの選択肢を提示してやることしかできません」

親が己の価値観を押し付けても、良い結果は生まないと言う。有働の声音には、何か強い意思のようなものが感じられた。

「そうですね」

それも一理ある。親の価値観を押し付けられて、望まない道を進まざるを得なくなること以上の苦痛はない。息子に音楽の道を歩ませたいと強い希望を抱いてはいたものの、母は悠宇が嫌だと言えば、無理強いはしなかったはずだ。悠宇が興味を持ち、その才能の片鱗を覗かせたからこそ、「だったら……！」と思ったに違いない。

会話が途切れたタイミングを見計らったように、有働のスーツの胸元で携帯電話が震えた。

それに応じることなく時間だけ確認して、「もうか」と呟く。

「申し訳ない。このあと予定が入っていてね」

車で送らせるからと、峻音を腕に有働が腰を上げる。

部屋のドアがノックされて、例のボディガードの男性が姿を現した。

「峻音を頼む」

「かしこまりました」

有働の腕から峻音を引き受けて、ボディガードの男性が出ていく。

「こんな時間からお仕事ですか？」

そんな多忙な合間を縫って、自分のために時間を割いてくれたのかと思ったら、申し訳なくなる。

「海外の取引先に、時差は関係ないのでね」

羽田にプライベートジェットが着くのを、出迎えなくてはならないのだと言う。

「プライベートジェット……」

映画や小説などのフィクションでしか聞くことはないと思っていた単語が紡がれて、ため息混じりに呟く。世界が違いすぎて、それ以上の言葉が出てこない。

「じゃあ、峻音くんは夜もひとり……」

うっかり声に出してしまって、はっと口を噤《つぐ》んだ。

「寂しい思いをさせている、自覚はあります」

有働が口元に自嘲を浮かべる。

「すみません。出過ぎたことを……」

余計なことを言ってしまったと、慌てて取り消すも、言った言葉は還《かえ》らない。部下たちが見ていてくれますので、と有働は言葉を足した。

――部下？

ということは、あのボディガードは外注の民間の警備会社のスタッフではなく、有働の部下なのだろうか。たしかに峻音も懐いている様子だった。

「すみません。お忙しいのにお時間を戴《いただ》いてしまって……」

「お誘いしたのは私のほうですから」

峻音のワガママで店を早退させてしまったと詫びてくれる。

「明日は時間通りに送らせますので、よろしくお願いいたします」

「有働さんは……」

自分は顔を出せないと言う意味に聞こえて尋ねる。なんだかとても寂しい気がした。

「仕事のスケジュールがどうなるかわからない状況でして。できる限り私も一緒にお伺いしたいと思っています」

わかりました、と応じるも、声に力がないのはどうしようもない。

つい気が逸《そ》れて、テーブルから離れるときに、背の高いグラスを袖口に引っ掛けてしまった。

「……！」

咄嗟に手を出したら、指先でグラスを弾いてしまい、残っていた液体がテーブルに飛び散る。

「す、すみませんっ」

高い音を立ててテーブルに転がったものの、幸いグラスは割れなかった。注がれていたのも水だから、クロスに染《し》みをつくることもなさそうだが、慌ててナプキンでテーブルを拭こうとする手を有働に止められ、気づいてやってきたスタッフが、悠宇に「お怪我はありませんか」と確認して手際よくテーブルを片付けていくのを呆然と見て、それに気づく。

「すみません！　袖に……っ」

有働のスーツの袖口が濡れていたのだ。

「ただの水です」

慌てることはないと返されても、常日頃有働が身に着けているスーツがすべてフルオーダーだろうと想像がついている身として、それではすまされない。

「どうしよう。クリーニングに……」

「悠宇くん？」

「僕、お支払いしますから――」

半ばパニックに陥っていた悠宇を落ち着かせようと呼びかけるも、鼓膜に届いていないと気づいたのだろう、有働が呼び方を変えた。

「悠宇」

「……っ！」

呼び捨てられて、いつもとは違う音色を拾った鼓膜が敏感に反応する。ビクリと肩を震わせて、悠宇は顔を上げた。

「気にしなくていい」

そんな顔をしないでほしいと言われて、そんな？　と自分の頬に手をやる。

「眉間《みけん》の皺など、きみには似合わない」

有働が指先で悠宇の眉間をつつく。

「え？」

カッと頬に血がのぼるのがわかった。両手で額を押さえて、目を白黒させる。

峻音を車に乗せてきたらしい、悠宇がボディガードだと思っていた有働の部下が戻ってくる。

「すまないが、着替えを調達してくれ」

言われて、ザッと上司と室内の様子を観察しただけで状況が読めたのか、大柄な男性は「かしこまりました」と腰を折って、踵《きびす》を返す。いくらも待たないうちに、「お着替えを」と呼びに来た。

ホテルだから、いくらでもスーツも着替えるための部屋も調達可能だろうが、こんな短時間で？　と悠宇は目を瞠《みは》る。

「先生をお送りしてくれ」と、指示を残して出ていこうとする背に、「待ってます」と慌てて声をかけた。

明日会えないとわかったからだろうか、先に帰るのがとても寂しい気がしてしまったのだ。

有働は頷く代わりに、店のスタッフに「彼に飲み物を」と言い置いて個室を出ていく。悠宇が新たに淹れられたコーヒー一杯を飲み終わる前に、有働は戻ってきた。

「早かった……、……っ」

ですね、とつづくはずの言葉を思わず呑み込む。

いつも隙《すき》のないいでたちの有働だが、新たに届けられたハイブランドのオーダースーツは、常以上に有働の男性的な魅力を際立たせていた。

ビジネス仕様には少し派手めな色味のネクタイとのコーディネイトのせいだろうか、インテリ然とした風貌に艶が加わって、男の魅力が増して見える。

するとと悠宇がボディガードだと思っていた有働の部下が、「こちらを」と、眼鏡ケースを開いて差し出す。有働はかけていた眼鏡を外して、部下に渡されたものにつけかえた。

たったそれだけのことを、悠宇は息を詰めて見つめてしまう。本当のお洒落というのは、こういうことかと妙に納得した。

スーツと眼鏡の組み合わせで、まるで印象が変わってしまう。

すると、悠宇の視線に気づいたらしい、有働が顔を向ける。「取引相手がお洒落な人でね」と、本意《ほい》ではないととれる言葉を寄越した。

とても素敵だと言いたかったけれど、男の自分が同じ男性に向ける言葉としてどうだろうか……と思ったら、喉《のど》の奥で言葉が絡まってしまった。

「待たせて申し訳ない」

「いいえ、僕のせいですから……」

でも、いつもとはちょっと違う有働を見られて役得だったかも……なんて、俳優やアイドルのプライベートを垣間見たファンのようなことを考えてしまう。

こうありたいと望んでなれるものではないとわかってはいても、自分には持ち得ないものを持つ年上の同性に憧れる気持ちは、男女問わずあるものだろう。悠宇は、自分の反応をそう受け取った。

ホテルの車寄せには、来るときに使った車とは別にもう一台、車が呼ばれていた。いつもの車は一目で社用車とわかるが、こちらはもしかすると有働個人所有の車かもしれない。

来るときに使った車の後部シートへと悠宇をエスコートし、いつもの運転手に「お送りしてくれ」と指示をする。有働はもう一台のほうを使うようだ。羽田空港だと言っていたから、悠宇の家とはまったく方向が異なる。

「今日はありがとうございました。明日、お待ちしてます」

明日も会えたらいい、という期待を込めて、あえてそう言った。有働はウインドウから悠宇の顔を覗き込むように上体をかがめる。

窓から顔をのぞかせる悠宇の頬に、有働の手が伸ばされて、アルコールの抜けきらない上気した肌を指の背に撫でられる。薄いグラスの奥の瞳《ひとみ》が笑っている。水分をちゃんととるようにとアドバイスされて、とうに成人済みなのに物慣れない自分が恥ずかしくなった。

「おやすみ」

睫毛を伏せたタイミングで低い声が間近に落とされて、ドキリとして反射的に顔を上げる。目の前でウインドウが上げられた。運転手が操作したのだ。

「おやすみなさいっ」

窓が閉まるギリギリに、どうにか言葉を返すことがかなった。

バックミラーで確認していたら、有働はしばらく悠宇の乗った車を見送ったあと、もう一台の車の後部シートに乗り込んだ。有働のためにドアの開閉をするのは、悠宇には見覚えのない若い男性のように見えた。

先に峻音を帰宅させるのにも一台使っているはずで、悠宇と峻音を伴っての食事のために、車を三台とそれぞれに運転手を用意したことになる。

余韻の残る頬に、そっと手をやる。上気しているのは、アルコールのせいばかりではない。窓に額を預けると、体温の高さを知らしめるかのようにひやりと熱を奪っていく。

遠ざかるラグジュアリーホテルのシルエットとともに、悠宇は別世界の生活を垣間見た気持ちで、車窓を流れる都会の夜景を眺めた。

悠宇の自宅マンションに程近い場所に車を止めた運転手は、「社長にいいつかっておりますので」と、悠宇の部屋の前まで送り届けてくれた。「おやすみなさいませ」と、深く腰を折られて、築年数の経った集合住宅の景色とのギャップが、妙に可笑《おか》しかった。

悠宇が玄関ドアをくぐるまで、運転手はその場を動こうとしなかった。

外から車の走り去る音が聞こえたのは、悠宇が部屋の明かりをつけ、カーテンを閉めた後のことだった。

カーテンの隙間から、車がいないのを確認して、安堵とも落胆ともつかない息をつく。

魔法が解けて現実に戻ったシンデレラはこんな気持ちだったのではないか、なんて考える自分に呆れて、またひとつ嘆息した。

車に戻って、それに気づいた。

強い香水の匂い。不快なそれに、意図せず眉間に皺が寄る。

羽田空港のプライベートジェット専用の駐機場に取引相手を迎えに行き、ホテルまで送り届ける車中で商談を終わらせた。

そのままホテルのラウンジに誘われたが、やんわりと固辞した。妙齢のご婦人が何を所望しているかなど、言葉にされずとも想像がつく。下世話すぎて笑えるほどだ。

ハイブランドの品とはいえ、ただの合成化学物質の塊でしかない香水の匂いにうんざりする。慣れたもののはずが、今夜はやけに鼻につく。その理由に思い至って、有働は眉間の渓谷を深くした。

悠宇の存在だ。

いつも清涼な花の香りをまとった青年の清々しさとの対比で、不快感がいや増している。

幼い峻音のバニラのような甘い匂いとも違う、花に囲まれて過ごしている悠宇は、いつも瑞々しい空気をまとっている。

ピアノに向かうときも彼は、クラシック音楽家にありがちな高飛車な空気をまとうことなく、純粋に音楽を楽しむ姿勢を見せて、心根の純粋さと同時に、育った環境の素朴さを思わせる。

自分とは違う世界に生きる青年に、現世との繋がりを求める罪人が如く、本来なら避けるべき接触を図ってしまったのは、ひとえに峻音のためだが、それ以上の気持ちがなかったかと問われれば、今となってはわからない。最初は本当に、腕のいいフローリストだとしか思っていなかった。

「窓を開けてくれ」

香水の匂いに耐えかねて、前に声をかける。

ステアリングを握るのは、いつもは助手席に座っている側近。助手席では、男の配下の若手が周囲に目を光らせている。

「空調を強めます」

有働が何を望んでいるかわかった上で、ステアリングを握る側近は希望をはねのける。

「走る車の窓を狙撃できるような腕の刺客《しかく》も、狙撃ポイントも、この国には無縁だ」

ここは日本であって銃大国アメリカでも紛争地帯でもないと返す。

「ヒットマンなら、もっと確実な手を使う」

心配のしすぎだと返す。

「ご自分のお立場をご理解ください」

自分などに忠誠を誓っている酔狂な男は、引くことなく諭してくる。

「わかっているさ。ただの金庫番だ」

金儲《もう》けが上手いだけの男だと自嘲も含めて軽口を返すも、側近はのってこない。つまらない奴だと、有働は吐き出すため息に信頼をのせる。

「会長も、幹部連中も、そうは考えておりません」

車内の空調が強められて、いくらか香水の匂いが薄れるが、これはもうシートに染み込んだと思っていい。車ごと放棄したい気持ちになってくる。

「組織の末席を汚すだけの若造相手に、随分と狭量なことだな」

枕を高くして寝られることのない世界に身を置いている自覚はあるが、だからといって好戦的になるつもりは毛頭ない。だというのに、周囲は勝手に騒がしい。

「会長の態度を見れば、幹部たちが焦るのも当然でしょう。誰が跡目にふさわしいかなど、誰の目にも明らかです」

面倒な話題が持ち上がって、有働は「買いかぶりすぎだな」と、軽く流した。裏と表の顔を使い分ける、己の狡猾《こうかつ》さを突きつけられているようにしか思えない。

親との不仲などという青臭い理由から社会に反目して、放蕩《ほうとう》の限りを尽くした若気の至りが、悔やんでも悔やみきれない結果をもたらし、ごく普通の家庭で幸せに育つことができたはずの峻音に、自分を親と呼ばせる羽目に陥らせている。

嘘ではないが真実でもない肩書きを刷り込んだ名刺を持つ有働玲士というビジネスマンの存在を、善良な青年に信じ込ませているだけで、充分に罪だ。

「自分は、自分の目を信じております」

まっすぐに前を見据えて、側近が揺るぎない声音でいう。助手席で、まだ若い部下がぐっと口を引き結んで、それに追従するように頷いた。

「わかった。もういい」

側近の忠義を疑うことはないが、あまりに盲目なのも心配になる。命を預かる覚悟は常に持っているが、だからといって盾にするつもりもない。有働の本来の気質は、ただ守られるのをよしとはしない。

「例の調査は？」

「報告書はデータで。十分なネタになるかと思いますが、幹部会の承認が必要かと」

「会長に話は通す。組織に益があれば、口うるさいジジイどもを黙らせることはできる」

今の自分を見たら、あの善良な青年ははたしてどんな顔をするだろうか、と考えながら言葉を返す。

「放置はできないと？」

「不服か？」

「さほどの益があるとは思えません」

「峻音のためだ」

有働の返答に側近が黙る。それがすべてではないと察しているのだ。

らしくない行動に出ようとしている上司を訝って、忠義な側近が何を懸念しているのか、有働もわかっている。

「あまり深入りされないほうがよろしいかと」

この議論には、側近に分がある。

「俺がしくじると？」

茶化すように返すと、側近はわずかに眉根を寄せて、「君子危うきに近寄らず、です」と顔に似合わぬことを言う。

「危ない橋はすでに飽きるほどお渡りになられたでしょう。今のお立場で関わるほどの案件とも思えません」

「危険を犯す旨味《うまみ》はない、か……」

有働の呟きに、側近が視線で頷く。

言われずともわかっている。藪《やぶ》をつついて蛇が出てくる程度のことならいいが、その隙に背中から撃たれてはかなわない、ということだ。

「敵は内にこそあり、か」

苦い笑みに口角を歪める。奸計《かんけい》はびこる世界に生きてもう長い。

一生返しきれない恩義ある人物のために命も賭《と》す覚悟で、光と闇の狭間《はざま》に身を投じた、十代の終わり。

後悔をしたことはない。……したことはなかった。ただ一度きり、離れて暮らしていた妹の訃報《ふほう》を受けたときを除いては。

事故の原因が自分にあると知り、妹を亡くしたのみならず、甥《おい》っ子から親を奪ってしまったと気づいた瞬間の絶望以外には。

だからこそ、側近は心配しているのだ。有働の身に、妹夫婦を襲った不幸が降りかからないとも限らない。それはイコール、峻音に危険が及ぶことでもある。

「あなたがしくじるとは思いません。ですが万に一つの危険を考えるのが自分の仕事です」

だから、どれほど車内が香水臭くても窓は開けないと、今更な話を蒸し返す。

「気を張りすぎるな。ストレスでやられるぞ」

「それほどヤワではありません」

まずは自分を守ることを考えろと言っても、この男は聞かないのだろう。

「十年待たず、あなたが天下を取られることを、自分は確信しています」

大きな声で言えないことを、ずいぶんとはっきり言い切ってくれる。

「そう急《せ》かすな」

峻音が義務教育を終えるまで、あと八年あまり。高校に上がる年になれば、留学と称して海外の安全圏に逃がしてやることができる。

「今も、お迷いですか？」

「何が正解なのか、わかるのはそれこそ十年も二十年も先のことだ」

自分と関わることで不幸になる人間がいる。だが、近くにいなければ守ることはできない。この矛盾に、正しい答えなどない。

　自分とは無関係に生きていたはずの妹が犠牲になった。それによって、切り離せば済む問題ではないと気付かされた。

「それから、峻音さんの、新しい教室の件ですが……」

「難しそうか」

「なんだかんだと狭い世界ですから、噂《うわさ》がまわっているようで」

　名前を出すと渋られると言う。

　警察から指導が入っているのだろう、大手が渋るのはわかるが、個人のピアノ講師までとは……。

子どもに罪はないというのに。

「いつまでも、本職の講師ではない悠宇さんにお願いするわけにはいかないでしょう」

「峻音は楽しんでいるようだが」

　名のある講師が峻音にとって良い指導者とは限らない。有働は音楽の世界のことはよくわからないが、悠宇ではダメなのかという思いはある。一方で、善良な青年の生活にこれ以上踏み込むべきではないと諫めるもうひとりの自分がいるのも事実だ。

「深入りなさらないほうがよろしいかと」

　賢明な側近は、先ほどと同じ言葉で有働を諫める。まるで有働の心情を読んだかのように。

　結局言いたいのは、それだったらしい。

言われずともわかっている。だが、どうにも瑞々しい花の香りをまとう青年の笑顔を求めてしまうのも、一方でまた事実なのだ。

「癒しをお求めなら、峻音さんのためにも犬か猫をお飼いください」

花屋の店頭で愛嬌《あいきょう》を振りまく看板猫を構いたいだけならやめておけ、と釘《くぎ》を刺される。どうせ飼うことはできないのだから、と……。

ずいぶんな言い草だが、求める癒しの方向性としては同じなのかもしれない。

愛らしく、邪気のない、素直な笑み。長く忘れていた美しいものに触れた気持ちになるのは、はじめて峻音をこの腕に抱いたときに似ている。

亡き妹の面影を強く残した幼子の高い体温が、妹の死の真相を受けて修羅界に落ちようとしていた有働を現世に引き止めた。

法に触れなければ何をやってもいいわけではない。だが、法で裁けぬなら、他の手段をとるよりほかない。およそ褒められた手段ではないとの自覚はあった。峻音の存在がなければ、もっとわかりやすくこの手を罪に染めていたことだろう。

妹の仇を討ち、その報告に訪れた日に、はじめて悠宇のアレンジした花を買った。

可憐で美しい花だった。

生前の妹の笑顔を思い起こさせた。有働の脳裏に浮かぶのは、まだ制服を着ていたころの妹だ。そのころに、有働は勘当同然に家を出て、以来一度も戻っていない。兄らしいことなど、なにひとつしてやれなかった。だからこそ、峻音にはできる限りのことを……と思ってしまう。

「保護施設を見に行くか……」

有働の呟きに、ステアリングを握る男がバックミラー越しに驚きを向ける。まさか本気にしたのか？　と言いたげな視線に、有働は口角を上げた。

「提案したのは貴様だぞ」

「本気になさるとは思いませんでしたので」

助手席で、若手が肩を揺らしている。立場上、笑うわけにもいかず、懸命にこらえているのだ。格闘技各種を習得したボディガードだが、運転席から一瞥《いちべつ》されて、青くなって背筋を正す。体力自慢の若造が束になってかかっても、側近にはかなわない。

「頃合いを見計らって、峻音さんをご説得ください。でないと、悠宇さんを巻き込むことになります」

向けられる邪気のない笑みが恐怖に染まる瞬間を見たくないのは、有働も側近も同じだ。

峻音は泣くだろうが、側近の言うとおりであることは有働もわかっている。だがその前に、始末をつけたいことがある。そのケリがつくまでは、現状を維持する必要がある。

「次の会合までに、ケリをつける。オヤジには、俺から話をする」

バックミラー越しに、本当にそれでいいのかと問う視線。

「筋は通す。義理も果たす」

それなら文句はないだろう？　と返す。

「また敵が増えそうですね」

呆れたような、だが愉快気にも聞こえる呟き。

「無視しろ」

相手をする必要はないと短く言う。側近は、「無視しきれないときは？」と問いを重ねた。有働がどう返すかなど、わかった上での確認だ。

有働は前を見据え、フレームレスのグラスの奥の眼を眇め、低く言い放つ。

「蹴散らせ」

側近は満足げに口角を上げる。

「御意に」

返される言葉は、およそ秘書が社長に向けるものではない。ＣＥＯなど、表向きの肩書きでしかない。有働には、裏の顔がある。

ふいに、胸ポケットで携帯端末が震えた。

ディスプレイに表示された名を確認して、有働はスッと切れ長の目を眇める。

バックミラー越し、有働の表情の変化に気づいた側近が口元を引き結ぶのを視界の端に映しつつ、指先で眼鏡のブリッジを押し上げる。

「有働です」

ワンコールで応じた有働の耳に届いたのは、皺がれた、だが抗えぬ威厳を湛《たた》えた声だった。

4

悠宇の期待も空しく、木曜日、有働は姿を現さなかった。

例のボディガードだとばかり思っていた屈強そうな側近が峻音を送り届けて、「よろしくお願いします」とすぐに背を向けてしまったのだ。

峻音が悠宇を訪ねてくるのはピアノを習うためであって、有働が来ないからといって悠宇があれこれ思う必要はない。本来は。

だがどうにも、残念な気持ちが拭えない。

それでも気を取り直して、いつもどおり、峻音と一緒にピアノに向かう。峻音の演奏は耳に心地好く、自分などが何を教えずとも、日に日に上達しているように感じられる。

感性でこなせる領域には限界があるが、まだまだ伸びしろがあるように思えた。もしかすると、有名講師に師事して早いうちに進む道を定めてしまうより、もっと自由に音楽と触れるほうが合っているのではないか、という気すらしてくる。あくまでも、指導者資格を持たない悠宇の印象でしかないけれど。

「完成したら、パパに聞かせてあげなくちゃね」

「パパと、キジマとタケチとケンサクにも！」

峻音の口から聞いたことのない名前が紡がれて、悠宇は首を傾げる。

「キジマさんとタケチさんとケンサクさん？」

誰のこと？　と尋ねる。ふたり目のタケチは、峻音の口調がまだ拙くて、タケチとタケウチの中間に聞こえた。

何より、峻音が大人と思われる人物を呼び捨てにしていることを怪訝に感じた。有働の会社の人間だろうか。有働がそう呼ぶから、覚えてしまったのだろうか。

「峻音くん、目上の人は、敬わなくちゃいけないんだよ」

「めうえのひと？」

「峻音くんより、大人な人のこと。キジマさんもタケチさんもケンサクさんも、大人の人でしょう？」

悠宇の問いに、峻音がコクリと頷く。だがその目は、よくわからないと言っている。

「パパの会社の人？」

悠宇の問いに、峻音は身振り手振りを添えて説明してくれる。

曰く、キジマは有働といつも一緒にいて、峻音のことも可愛がってくれるオジサンで――たぶん悠宇が有働のボディガードだと思い込んでいた人物のことだ――タケチだかタケウチだかは有働の運転手のこと、最後のケンサクは昨日チラリと見かけた若い部下のことらしいと思われる。ケンサクは一番下っ端で、気のいいお兄ちゃんで、「ケンサクと呼んでください」と言うから峻音はそう呼んでいるらしいこともわかった。

キジマとタケチ――タケウチ？　に関しては、有働の部下だから、ようは使用人を呼び捨てにする感覚で、峻音はそう呼んでいたのだろう。有働がそうするように言ったのか、あるいは環境としてそれが当然とされているのかはわからない。

社長の息子に対して、社員たちも敬意を払って接しているということだろうが、幼子の情操教育としてどうなのか、悠宇には測りかねた。

だが、有働の部下である彼らと峻音との間には、有働を挟んでの関係性以上のものがあるように感じられる。それほど有働が部下に慕われているということだろうと、悠宇は理解した。

「みんな仲良しなの？」

「うん！　おうちにもくるよ！」

仕事上の部下がしょっちゅう自宅に出入りしていると聞いて、悠宇はますます首を傾げた。持ち株会社というのは、そんな少数精鋭で運営できるものなのだろうか。有働は、かなり大きな組織を率いているはずで、家族経営の企業と違い、公私の混同は少ないと思うのだけれど……。

とはいえ、キジマが峻音を送り迎えする状況もあるから、どういう雇用形態なのかはわからない。

あるいは、キジマとタケチとケンサクに関しては、有働が個人的に雇っていることも考えられる。

そんなことを考えながら、峻音と楽しくピアノを弾いて、店主とお茶をして、またピアノを弾いて、気づけば悠宇の休憩時間は終わりに近づいていていた。だが、迎えが来ない。遅れるなら、連絡が入ると思うのだけれど……。

　結局、なんの連絡もないまま、お迎えもないまま、悠宇の休憩時間は終わってしまった。

　どうしようかと店主と相談して、ちょっと遅れているだけのことだろうから楽器店主が預かろうと言ってくれたのだが、とうの峻音が納得しなかった。

「おにいちゃん……」

　不安げにエプロンの裾を握られて、つぶらな瞳に見上げられては、悠宇も後ろ髪を引かれる。ピアノを弾きながら待ってて、と言い聞かせてもダメで、悠宇はしかたなく峻音を伴って店に戻った。

「お迎えが遅れてるみたいで……」

　峻音の説明に頷いて、店長は商談に使うテーブルに峻音を促した。

「ここでパパのお迎え待ってようか。ここならお兄ちゃんも見えるだろう？」

　悠宇の姿が見えれば不安にはならないだろうと提案してくれる。峻音はようやくニコッと笑って頷いた。

　その隙に、悠宇は有働のプライベートのケータイナンバーに連絡を入れたが通じず、しかたなく峻音の端末からメッセージを送信する。しばらくディスプレイを眺めていたが、既読マークはつかない。どうやらスマホを確認する余裕もないようだ。迎えが遅れる連絡すら寄越せないのだから、それも当然だろう。有働は、そういうところでいい加減なことをする人ではない。

「すみません、店長」

悠宇がコソっと詫びると、店長は「何かトラブルでもあったのかな？」と小声で返してくる。「大きい会社は何があるかわからないしねぇ」と言われて、ただ忙しいのだろう以上に考えていなかった悠宇は、途端に不安になった。

——何かあったのかな……。

昨日は、まったくいつもどおりだったと思う。ああいう場所だからか、いつもより多少饒舌《じょうぜつ》に自分のことを話してくれたけれど、それだけだ。急に何か起きるような気配はなかった。

——僕が気づけなかっただけかもしれないけど……。

亡き妹の忘れ形見である峻音を、連絡もなく置いていくなどありえない。何か仕事上のトラブルがあって、いつかのように世界中とやりとりをして、時計を確認する余裕すらないに違いない。

きっと、慌てて峻音を迎えに来る。そうしたら、峻音とふたり拗ねて見せて、有働が焦る素振りを見せたら、「お疲れさまでした」と労《ねぎら》えばいい。自分はともかく、峻音の愛らしい顔を見たら、何があったにせよ有働の疲れは吹き飛ぶはずだ。

店頭の花の手入れをし、常連客の希望を聞いてフラワーアレンジメントをつくり、その合間に峻音が退屈しないようにと店で使うラッピング用紙をカットして折り紙に見立て、一緒に鶴を折る。

犬連れの客がくると、興味を示した峻音が店の外でおとなしく待つ犬に近寄ろうとする。気性のやさしい大型犬は、峻音の小さな手がわしゃわしゃと毛を撫でるのを許し、ふさふさの尾を振る。「ワンちゃん可愛いね」と峻音につきあっていたら、それが招き猫の役目を果たしたのか、足早に通りを行き過ぎようとしていた買い物帰りの客が何人か足を止めて、小ぶりなアレンジメントを買ってくれた。

そうして過ごす間も、悠宇は店の時計に目をやり、スマホのメッセージアプリを何度も確認する。数時間後に既読マークがついたものの、レスはない。

悠宇が待ちかねた連絡が有働から入ったのは、店の閉店時刻間際のことだった。

メッセージではなく、電話だった。だが、ディスプレイの表示は有働の名前なのに、通話ボタンをタップした耳に聞こえてきたのは、期待した低く甘い声ではなかった。

『有働の代わりにお電話させていただいております』と最初に断ったのは、峻音曰くキジマという有働の側近だった。

「えっと……キジマさん、ですか？」

悠宇が自分の名前を知っていることに驚いた様子を見せたものの、峻音が教えたとすぐに察したのだろう、『鬼島《きじま》と申します』とあいさつしてくれる。そのうえで、『大変申し訳ないのですが、もうしばらく峻音さんを預かっていただけないでしょうか』と、つづけた。

『自分も社長も、まだ動けません。別の人間を迎えに行かせてもよいのですが、そのあと自宅で峻音さんの世話をする者がおりませんので……』

大変図々しいお願いであることは重々承知なのですが、とキジマ……いや鬼島は恐縮しきった声でつづけた。

『迎えには、有働が自身で出向くと申しております。何時になるかわからないのですが……』

徐々に歯切れが悪くなっていくのは、悠宇が答えあぐねているせいだ。

「僕でいいなら、かまいません。閉店時間なのでうちに連れて帰ろうと思うんですけど、それでもよければ」

狭い部屋で申し訳ないのですが……と、こちらこそ恐縮すると、とんでもないと安堵の声が返された。

『峻音さんは、先生に懐いてらっしゃいますから。有働も安心すると思います』

よろしくお願いします、と通話は切れた。

店長に状況を説明し、閉店作業を早めに切り上げさせてもらって、峻音と手をつないで帰途を辿《たど》る。

「お腹空いたでしょ。何が食べたい？」

「おにいちゃんのごはん？」

峻音が目をキラキラさせる。悠宇は、「昨日のレストランみたいに美味しくないと思うけどね」とウインクで応じた。

「おにいちゃんのごはん！」と峻音はご機嫌で、スキップしながら帰途を急ぐ。途中、深夜まで営業しているスーパーマーケットで買い物をして、冷蔵庫のなかみと相談しつつ、夕食は時間のかからないパスタになった。

峻音の話によると、自宅では食事をつくりに来てくれる人がいて、一汁一菜を基本とした和食が多いという。食事をつくりに来てくれる人、と聞いて、有働の女性関係に思考が飛び、ドキリとしたのだが、よくよく話を聞いたところ、運転手のタケチ――タケチなのかタケウチなのか鬼島に確認をとればよかった――の妻だと判明した。

「おばちゃんのごはんおいしいけど、ちゃいろいの」

峻音の表現に、つい笑ってしまう。ようは和物菜《わそうざい》が多くて色味が限られている、ということだろう。そういう食事がえてしておふくろの味で美味しいものだが、幼い子どもの目には地味に映るのかもしれない。

スーパーを出ると、峻音の歩調は小走りに近いものになって、悠宇の手をぐいぐいと引っ張る。通り過ぎる人に微笑まし気な視線を向けられて、もしかして若いパパと息子に見えていたりするのだろうかと思ったら、なぜだか頬が熱い。

古びたマンションが峻音の目にどう映ったかはわからないが、峻音は興味深そうに周囲を見やった。マンションの玄関を上がると、不躾に部屋を物色したりすることもなく、案内されたリビングのソファにちょこんと座る。

玄関をあがるときには、「おじゃまします」と言い、「おうちみたいに楽にしてていいよ」と言われてようやく肩の力を抜く。有働の躾はかなり徹底しているとみえる。

有働に連れられて外食ではさまざまなものを口にしているのだろうが、自宅での食事はまた別物だ。

峻音は悠宇がキッチンで行うあらゆることが興味の対象のようで、「あぶないから」と言うと離れるものの、すぐに戻ってきて、悠宇の足にじゃれつく。その繰り返し。

「もうすぐできるからね」

「それなぁに？」

「コーンスープだよ。好き？」

「すき！」

幼い時分に母がつくってくれた子どもが喜ぶメニューはたしかに、悠宇の味覚のみならず情緒をも育んでくれた。それが少しでも峻音に伝わったら嬉しい。

峻音のリクエストに応えて、わかりやすい洋食のテーブルをつくることにした。

スーパーで見切り品になっていた完熟トマトと五十パーセントオフシールの貼られていたベーコンを使ったペンネとブロッコリーの温サラダ、自分ひとりなら和洋折衷で味噌汁《みそしる》を添えてしまうところだが、峻音に合わせてコーンスープを添える。缶詰のクリームコーンを豆乳で伸ばして塩胡椒《こしょう》で味付けしただけだ。

ダイニングテーブルが峻音の身長に合わないために、リビングのローテーブルに皿を並べる。簡単な食卓だが、峻音の目には物珍しく映ったのだろう、「レストランみたい！」と喜んで、お行儀よく手を合わせた。

「いただきます！」

「どうぞ、召し上がれ」

幼いながらに一流のものを知っている舌に果たしてひとり暮らしの手抜き料理が受け入れられるか心配だったが、フォークにペンネを刺して頬張った峻音は、有働の前では絶対にしないだろう「おいしい！」と、大きな声を上げた。

有働ならきっと、「口にものを入れたまましゃべってはいけない」と注意するのだろうが、悠宇は「ありがとう」と返すにとどめる。ここにいない有働の渋い表情を想像して、クスッと笑ってしまった。

峻音が「どうしたの？」というように首を傾げる。

「なんでも。パパにも食べてほしかったなぁ、って思っただけ」

「おうちかえったらね、パパにじまんする！」

「え～？　パパは羨ましがってくれないと思うけどなぁ」

「そんなことないもん！　おにいちゃんのごはん、ぜったいにうらやましいっていうよ！」

「ホント？　だったら嬉しいな」

そんな話をしながらも、自分の料理では有働の口に合わないだろうな、と想像した。

食事のあとは、峻音のレッスンに使っている楽譜を開き、譜面上で復習をする。鍵盤を奏でるだけがレッスンではない。

帰宅したのも、峻音にとってはずいぶん遅い時間だったから、悠宇の膝を座椅子にした状態で遊んでいるうちに、峻音の体温が高くなっていることに気づく。こっくりこっくりと船を漕ぎはじめた小さな身体をソファに横たえて、楽譜をレッスンバッグにしまった。

それから三十分経たないうちに、玄関チャイムが鳴る。

応答に返されたのは、待ちかねた有働の声だった。慌ててドアを開ける。

「夜分遅くに申し訳ありません」

有働は失礼を詫び、腰を折る。悠宇は大したことはしていないと首を横に振った。

「よかった……なにかあったのかと思って……」

有働はいつもどおりの隙のないいでたちだが、まとう空気がいつになく重い印象を受けた。フレームレスの眼鏡の奥の瞳が、いつもより鋭い光を宿しているように見える。店長の言うとおり、なにがしかのトラブルがあったのなら、きっと疲れているのだろう。

安堵の息をつくと、有働は「連絡できず、申し訳ありませんでした」と重ねて詫びる。

「それはいいんですけど、いろいろ想像たくましくしちゃって……」

仕事が忙しいだけならいいが、事故や事件に巻き込まれている可能性だって捨てきれなかった。

「急なスケジュール変更が生じてしまって。今後はないようにしますので」

「気にしないでください。僕は峻音くんと過ごせて楽しかったですし」

そして、室内へ目をやる。

「峻音くん、寝ちゃって……」

起こすのもしのびないと、有働を室内へ促す。掃除も片付けもちゃんとしているつもりだけれど、生活感あふれる部屋に有働を通すのがなんだか恥ずかしかった。

ソファで身体を丸めるようにしてすやすやと眠る峻音を目にして、有働の眼差しがようやく緩む。まとっていた空気が、いつもの有働に近いものへと変化した。

「夕飯は、パスタとサラダとコーンスープにしました」

たくさん食べてくれましたよ、と報告する。有働は「お手数をおかけしました」と頭を下げて、峻音の傍らに片膝をつく。

「峻音」

呼びかける声のやさしく甘い響きに、ドキリとさせられる。峻音が仔猫のように身じろいだ。が、目を開けない。

有働は起こさないようにそっと峻音を抱き上げると、寝顔をたしかめるように頬にかかるやわらかな髪を梳いた。

「あの……、しばらくお忙しいんでしょうか？」

有働の横顔に、言おうかどうしようか悩んでいた問いを向けた。

「来週はこのようなことのないように――」

今後は迷惑をかけないようにしますから、と返そうとするのを遮って、悠宇はそうじゃないと言葉を足す。

「いえ、僕はいいんですけど、峻音くんが寂しいんじゃないかと思って……、すみません、さしでがましいことを……」

たまたま今日は悠宇が一緒にいられたけれど、レッスンのないほかの曜日はどうしているのだろうかと思ったのだ。ごはんをつくりに来てくれるという女性も、ずっとはいられないだろう。

「うちには、社の者が多く出入りしますから、そのときどき見ていられる者が峻音を見てくれています」

「そうですか……」

そのなかにはきっと女性の部下もいるのだろうな、とまたも勝手な想像を働かせる。

「結婚とか……」

峻音のためにもしたほうがいいのかも……。

胸中で呟いたつもりが、有働に顔をのぞき込まれてはっとする。

「先生？」

「い、いえ、あのっ、峻音くんは新しいママほしくないのかな、とか……」

そんなことを考えていたのだと吐露する。有働は、「まだ、三回忌ですから」と苦い笑みを口元に浮かべた。

妹夫婦が他界して、まだそれほど経ってはいない。峻音にとっての母親は亡き妹以外にないだろう。いまはまだ。

皆まで言わずとも、有働の言いたいことは伝わった。

「そ、そうですよ…ね……」

じゃあ、いずれは、という気持ちがあるということか。

これまで独身をとおしてきたのだとしても、峻音を引き取るときに将来を考えたはずだ。なんら不思議はない。

ズキンッと胸が痛んで、悠宇はおかしいな、と胸中で首を傾げる。無自覚にも肩が落ちて、それを有働に指摘された。

「お疲れのようですね。こんな時間まで申し訳ない」

「い、いえっ、……っ⁉」

顔を上げて、固まる。

頬に触れるのは、有働の指先？

――……っ⁉

悠宇の体調をたしかめるように、有働が悠宇の頬に大きな手の甲を触れさせているのだ。

指の長い綺麗な手は、男性的な魅力にあふれて、色っぽさすら感じる。その手に触れられて、悠宇は大きな瞳をさらに大きく見開いた。

ホテルで食事をした帰りにも、同じことをされた。有働のクセなのかもしれない。あのときはアルコールが入っていたから、ドキドキするのも、頬が熱いのも、そのせいにすることができた。でも今日は……。

ドキドキして、心臓が口から飛び出そうなのに、心地好い。

「少し熱っぽいか……」

有働の呟きを、間近に聞く。

有働の掌が返されて、指の背が触れていた頬に、包み込むように大きな手が添えられる。その手が、耳の裏から首筋をなぞって、悠宇はゾクリと肌を震わせた。

有働はただ、普段峻音にそうするように、体調を診《み》ようとしているだけだ。その手の心地好さにうっとりとしてしまうのは、普段人肌と縁遠い生活だからに違いない。

両親を相次いで亡くして以来、仕事以外で誰かと話すことも少ない生活を送ってきた。久しくガールフレンドもいない。仕事が忙しいために、学生時代の友だちとは年々疎遠になっていく。進学した友人たちとはとくに。

日々充実していても、それとは別次元で寂しくなかったかと訊かれれば、否定はできない。

休日は、誰とも会話しないまま過ぎる。食事はいつもひとり。趣味のひとつもあれば状況は違うのだろうが、ピアノは手放してしまったし、ピアノ教室でともに研鑽《けんさん》を積んでいた昔のライバルたちには、脱落者としか思われていないだろう。受験を諦めてから、一度も連絡をとっていない。

いつか父の店を取り戻したいという目標を実現させるために日々頑張っている、と言うと、夢と希望にあふれて働いているように聞こえるかもしれないが、裏返せば、それ以外に生きる目標がないということだ。

人は、頭を撫でられたり抱きしめられたりすることで、ストレスが軽減されると聞く。手当という言葉の語源どおり、人の手の温かさには、たしかに癒しの効果がある。有働の手の温もりに、悠宇はとろり……と瞳を潤ませ、長い睫毛を伏せた。

有働が、フレームレスの眼鏡の奥の瞳を眇める。

峻音に向けるのとは違う種類の光を宿しているような気がして、悠宇は長い睫毛を震わせた。何か言いかけた唇が、かすかな戦慄《わななな》きとともにとまる。自分でも、何を言おうとしたのか、よくわからなかった。

「そんな表情を、するもんじゃない」

有働が、苦みを孕《はら》んだ声音で言う。

「……？」

意味がわからなくて、悠宇は見開いた瞳を瞬いた。

――顔……？

峻音に慈しむ眼差しを向けていた人が、次の瞬間に違う表情を見せる。わかりやすく喜怒哀楽に分類することのできないそれに、悠宇は戸惑った。

「誰かに心配してもらうの、久しぶりで……」

自分が妙な表情をしているのだとしたら、きっとそのせいだ。店長もお隣の楽器店主も常連のお客さんたちも、悠宇の顔色が悪ければ心配して声をかけてくれる。けれど、いまのように、わずかな感情の機微を感じ取ってくれるような近しい人は、もはや悠宇には存在しない。

「子どもみたいで、すみません」

取り繕う笑みを浮かべて、悠宇は努めて明るく返した。

「峻音くんのほうが、よっぽどしっかりしてますね」

以前、有働が迎えにこられなかったときも、そして今日も、峻音は聞きわけよくそれを受け入れていた。

「有働さんの手が、あったかくて……」

だからきっと、心が蕩けそうになったのだ。

有働が薄いグラスの奥の瞳をわずかに見開いたのを、視線を落としていた悠宇は気づけなかった。

「すみません、ヘンなこと言って……、……っ！」

ふいに肩に力がかかって、あたたかなものに包まれる。自分が有働の腕に抱き寄せられたのだと、肌触りのいいスーツの生地が頰に触れて、それによって有働の愛用するフレグランスが鼻孔《びこう》を擽《くすぐ》ったことで、ようやく気付いた。

峻音を抱くのとは反対側の腕で、身体を支えられている。

カッと頰に血が昇る。

たぶんきっと、有働にとっては、峻音をあやすのと大差ないのだろう。自分が妙なことを口走ったから慰めてくれているのだ。

――あたたかい……。

しっかりと筋肉の厚みを感じる胸に抱き寄せられて、思いがけず高い体温に包まれる。風貌から、クールな印象を受ける有働だけれど、ストイックさを際立たせるスーツの下に、熱い何かを湛えているように感じる。

されるがまま、悠宇は有働の体温を享受する。

峻音の寝顔が目に映って、自分もこんな安心しきった顔をしているのだろうかと感じた。もう瞼が重い。

そんな悠宇の耳朶《じだ》を、男の艶を孕んだ低い声が擽る。

「もう少し、警戒したほうがいい」

「……？　……え？」

顔を上げる。

近すぎて、有働の顔が見えない。

額に、何かが触れた。

――……え？

今度こそ、目を瞠ったまま固まった悠宇をそのままに、片腕に峻音を抱いた有働が腰を上げる。

「また来週」

おやすみ、と最後にかけられた声は、玄関ドアの締まる音に邪魔されて、よく聞こえなかった。

「……え？」

慌てて振り返って、有働が消えたドアを見やる。

恐る恐る、額に手をやった。

「え？」

額に触れたもの。あれは……。

――……キス？

認識した途端、ぶわ……っ！　と頬に血が昇り、全身の血流が速まる。

「え？　なんで？」

誰に問うともなしに零れる呟きは、動揺に上ずっていた。

たかが額に触れただけ。唇にされたわけじゃない。当然だ。悠宇は男で、有働にとってそういう対象ではないはずで。たぶんきっと、峻音をあやすのと同じ気持ちで、おやすみのあいさつのように、触れただけ。

「……有働さん、海外経験あるのかな……」

留学とか、海外での勤務経験とか、あれだけマルチリンガルに語学が堪能なのだから、きっとあるはずだ。だから、キスなんてきっと、有働にとってはあいさつのようなものなのだ。深い意味はないあるはずがない。

――……意味？

あいさつ以上の、どんな意味がある？　どうして自分はこんなに動揺しているのか。そこにどんな意味を探そうとしているのか。

ぐるぐる考えてもよくわからなくて、悠宇は床にへたり込んだ恰好のまま、峻音を寝かせていたソファに力なく上体を預ける。

ソファにはもう、峻音の体温は残っていなかった。

急に寂しく感じられて、悠宇は瞼を伏せる。

この部屋でひとりが寂しいなんて、最近はほとんど感じなくなっていたのに。

「寒い……」

暖房を入れるような季節ではないのに、肌寒く感じる。峻音の高い体温と、有働の包み込むあたたかさとに、触れたせいだと気づかされる。

常に傍にあるわけではない温もりに慣れてはいけない、と自分に言い聞かせる。

遠からず、峻音には新しい先生がみつかる。そうしたら、有働とはまた毎月十八日の、峻音の母親の月命日にしか、会えなくなるのだから。

次の木曜日も、悠宇は峻音を自宅に連れ帰ることになった。

峻音を送ってきたのは鬼島で、運転手の武市《たけち》――タケウチではなくタケチと判明した――と、鬼島の部下の園部《そのべ》――フルネームは園部貢作《けんさく》。峻音の言うところのケンサクだ――が有働に同行しているという。

鬼島は、迎えは有働が来る予定だと言っていたけれど、実際には、預かってほしい旨《むね》の連絡を寄越したのも鬼島で、迎えに現れたのは武市と園部だった。

二週つづけて峻音と楽しくも温かい時間を過ごし、でも結局有働の顔を見られなかったことで、寂しい気持ちを残したまま。来週には仕事も落ち着いている予定だという鬼島の言葉を信じて、一週間が過ぎるのを待った。

普段は一週間なんてあっという間に過ぎるのに、やけに時間の経つのが遅く感じられた。

週末が過ぎ、世間の誰もがブルーになる月曜を超えて、週半ば。

悠宇が鼻歌交じりに店頭の小ぶりなアレンジメントを作成していると、来客を知らせるドアベルが鳴る。

「いらっしゃいませ！」

木曜に向けて高揚する気持ちを抑えきれず、張り気味の声で応じる。

少し客の様子をうかがって、何を求めているのかアテをつけてから声をかけようと、店内に入ってくる客に視線を向けて、しかし悠宇は作業の手をとめた。

客ではないと察したからだ。

スーツ姿の男性二人組。絶対にサラリーマンではないとわかる。まとう空気が一般人のそれとは明らかに違う。

「失礼、少しお話をよろしいですか」

会釈《えしゃく》して、先を歩く男性が作業台脇にたたずむ悠宇に声をかけてくる。

「こういう者です」

「……警察……？」

スーツ姿の男性――刑事は、テレビドラマでよく見るように身分証明を開いて見せるのではなく、まずは名刺を差し出してきた。悠宇が首を傾げるのを見て、警視庁のエンブレムの下に所属と階級、本名などが記載された身分証をかざして見せる。

名刺には、警視庁組織犯罪対策部組織犯罪対策第四課とあった。漢字が並ぶしかつめらしい肩書の上に、愛嬌を振りまく警視庁のマスコットキャラクターが刷り込まれているのが、滑稽《こっけい》なほど不似合いに見える。

ドラマに見るセオリーどおり二人組で訪れた刑事は、年長者のほうの名刺には警部補とあり、一歩後ろに控える若い刑事の名刺には巡査と印刷されていた。警部補のほうには、主任とも書かれているが、階級と役職の違いが、悠宇にはよくわからなかった。

様子がおかしいことに気づいて奥から出てきた店長にも、刑事は同じようにあいさつをする。悠宇は、手にしていた名刺を店長に渡した。

「なにか……？」

警察のお世話になるようなことは何もない。恐る恐るといった様子でうかがう店長に、刑事はわざとらしいほどに穏やかに微笑んで、口を開く。

「最近ここらで変わった様子はありませんか？」

曖昧な問いに、悠宇と店長は顔を見合わせ、首を傾げる。

「どんな些細《ささい》なことでもかまわないのですが」

「些細なこと？」

悠宇と今一度顔を見合わせてから、店長はおずおずと口を開いた。

「えぇっと……チンピラみたいな連中が、ときどき商店街を歩いてるのを見かけること、かなぁ」

以前、峻音のレッスンのときに、楽器店にふらりと入ってきて、何も買わずに出て行った連中のような輩《やから》のことだ。

「チンピラ？」

刑事が、興味を見せる。店長は怖気づいたかのように、じりっと踵を退げた。

「いや、よくわからないんですけど、ちょっとガラが悪いといいますか……」

チンピラと決めつけているわけでは……と、店長が言葉を濁す。距離を詰めてくる刑事のほうが、あのチンピラたちよりよほど迫力があった。こうでなくては犯罪者を相手にはできないのだろう。

「駅向こうの再開発の関係で、そういう人たちが来るんじゃないかって、商店街の人たちは言ってます」

悠宇の助け舟に、店長がホッと安堵の表情を浮かべ、「そうそう、そうなんですよ！」と同調する。

「再開発ですか」

「地上げのような行為があるということですか？」

年嵩《としかさ》の刑事の呟きを受けて、若いほうの刑事が問いを重ねた。

地上げ？　と悠宇は首を傾げる。バブルのころには横行したと、テレビのニュース番組などで聞くが、悠宇の年齢ではあまりピンとこない用語だ。

「いえ、このあたりでは今のところなにも……。でも、こちら側にも再開発の話が持ち上がりそうな気配があって、それでそんな噂が立つんだと思います」

店長が、商店街の店主たちの集まりで聞きかじった話として刑事に伝える。

「このご時世に再開発案ですか」

「駅向こうのは、バブルのころに持ち上がった話で、いったん頓挫《とんざ》したのを、再計画して今のかたちになったんですよ。向こうはどうしてもやりたかったみたいで」

駅を挟んでふたつの商店街が互いにいい関係を築いていたのは今や昔の話だ。早々にシャッター商店街化を恐れた駅向こうの商工会は、業者がもちかけた再開発話に乗り、途中紆余曲折《うよきょくせつ》あったらしいが、完成の目途《めど》がつくところまできている。

「駅のこちら側は、古き良き商店街の雰囲気が残ってますね」

刑事が、そういうことですか、と頷く。ほかの店では同じ話が出なかったのだろうか。それとも、すでに聞いた話でも整合性をとるために、はじめて聞くような顔で聞き出しているのだろうか。

「うちの商工会は、このままの路線でいこう、って話でまとまってるんです。ここ数年また、こういうレトロなのが見直されてるんですよ」

「下手な商業施設並みに集客力のある有名商店街もありますね。なるほど……」

昔ながらの人間関係があったかそうだ、と刑事が笑う。悠宇には、心からのものには聞こえなかった。

「再開発の話が持ち上がりそうな気配、というのは？」

また若いほうの刑事が問いを重ねる。店長はずいぶんと年下の青年に気圧されながら、「ええっと……」と説明を足した。

「駅向こうが上手くいってるのを見ると、やっぱりこっちもやったほうがいいんじゃないか、って言いだす人が、ちょこちょこ出てくるんですよ。商工会の総意としては絶対にないんですけど、結局旨い話しか耳に入ってきませんから」

隣の芝生は青く見える、ってやつですよ、と店長が引きつった笑いを返す。

「旨くない話もある、と？」

駅向こうの再開発に関して何かトラブルがあったのかと追及してくる。この刑事はいったい何を調べているのだろうかと、悠宇は胸中で首を傾げた。

――組織犯罪対策課って、どういう部署だっけ？

たしか違法薬物とか拳銃密売とか、そんな言葉を聞きかじった記憶を掘り起こす。当然現実の話ではない。ドラマや映画のなかでの話だ。

「駅前が綺麗になるのはいいことですけど、結局、昔ながらの商店さんの半分くらいは再開発を機に閉店することになって、他所《よそ》からチェーンのコーヒーショップとか、ファッションブランドとか、呼んできて入店することになってるって聞きますから。つづけられない理由があるってことじゃないですか」

条件面で折り合わなかったのか、逆に充分な対価が得られたから店を閉めてもいいと思ったのか。いずれにせよ、そこには金が絡む。

「金銭トラブル、ということですか？」

「さあ？　そういう突っ込んだことは当事者じゃないと……」

適当なことは言えませんから、と店長は引け腰で応じる。

「でも、噂はあるんでしょう？」

「いやぁ、それは……」

話を聞きたいだけのはずなのに、刑事のアンテナというのはものすごく感度がいいようだ。店長のちょっとした言葉尻を捕らえて質問を重ねてくるスキルが、悠宇はちょっと怖かった。

さらにいくつか質問を重ねたあと、刑事は店長と悠宇の名前を確認して、帰っていった。この調子で商店街を聞き込んでまわっているのだとしたら、明日にも――いや今夜にも、商店主たちの間で噂話が広がるだろう。駅向こうで何が起きているのか、と……。

ここしばらくの、ガラの悪いチンピラたちの件と合わせて、不穏に思う人も多いかもしれない。悠宇も、そのひとりだ。

刑事が帰ったあと、スマホを取り出し、「組織犯罪対策課」で検索をかける。表示された説明を読んで、悠宇はますます首を傾げた。

――暴力事件？

刑事の名刺に記された組織犯罪対策第四課の職務内容として、「暴力事件」と書かれている。悠宇が最初に思い起こした薬物や銃器にかかわる犯罪は、組織犯罪対策第五課の職務内容として記載されていた。

あのチンピラたちが、傷害事件か何かを起こしたのだろうか。だとしたら、わからなくもない。駅前が綺麗になるのはいいことだけれど、お金が絡むといいことがあまりないように悠宇には感じられる。

父が店を手放したのも、借金が原因だった。ギャンブルなどでできた借金ではない。店の運営資金として銀行から借りた、経営者なら誰もが経験するだろう借り入れでしかなかったが、それでも悠宇の人生に影響を与えた。

駅前が綺麗になっても、その裏でつらい思いをしている人がいるのだとしたら、素直に喜べないような気がする。

アレンジメントを作る手を再開させたはいいが、うっかり花を切り落としてしまって、ため息が出た。


翌日、峻音のレッスンの日。

今週もまた、送り迎えは鬼島が行い、有働は姿を現さなかった。

峻音に「パパ、忙しそうで、寂しくない？」と尋ねると、峻音はためらいがちに頷いたあと、「でもへいき！」と微笑んで見せる。

「みんないるもん」

「みんな？」

鬼島や武市のことを言っているのか。

「おうちでひとりきりになることはない？」と尋ねると、コクリと頷く。

お手伝いの女性も自宅に出入りしていると以前に聞いた。だが、使用人がいたとしても、父親である有働の存在とは比べようもないはずだ。

先週のことがあるからか、鬼島は少し早めに迎えに現れ、悠宇はそれがちょっと寂しかった。

峻音も、名残惜しそうに振り返り振り返り、帰っていく。自宅に戻っても使用人しかいない状況がつづいているのなら、いっそのことうちで預かります、と半ば口から出かかったが、忙しいだろう鬼島の手を煩わせるのもためらわれて、言葉は喉の奥へ消えた。

そもそも、悠宇は峻音にピアノを教えているだけの赤の他人だ。雇用関係が成立しているだけ、使用人のほうがよほど近しい存在といえる。

もうずいぶん、有働の顔を見ていない。

それほど忙しいのだろうか。経営者なのだから多忙はいいことなのかもしれないが、何かトラブルがあったとか、有働に限ってありえないだろうが経営状態が思わしくないとか、マイナス要因での多忙だとしたら、喜ばしいことではない。

仕事に追われるなかで、峻音のために週一で時間を割くのが面倒になったとは考えにくい。あの有働が、峻音のための時間を惜しむとは思えない。

トラブル……と考えて、そういえば……と思い起こす。

峻音が有働の言いつけを破ってまで楽器店の店頭で鍵盤楽器を見つめていた要因であるところの、音楽教室に通えなくなった理由。

楽器メーカーのグループ企業が運営する名の通った大手音楽教室に通っていたところ、わけあって辞めなくてはならなくなり、新しいピアノ講師を捜しているところだった、と最初のときに有働が話していた。

でも、肝心の原因については、言及がなかった。

当初は、あまり話したくない様子に見えたから、突っ込んであれこれ尋ねないほうがいいだろうと思い、それ以上訊くことはなかった。

けれど、これほど長く新しいピアノ講師が見つからないほどの理由とは？

峻音に問題がないのは、もうわかっている。

演奏を聴いたら、本格的に峻音を育てたいと思うピアノ講師はかならずいるはずだ。なのに、有働は見つからないと言う。

親である有働の側にも、問題があるとは思えない。少々高額なレッスン料も、有働なら問題なく支払えるだろうし、親の付き添いが必要と言われれば、可能な限り時間をつくるだろう。……いまのように多忙な状況にあるとき以外は。

閉店作業もひと段落着いたタイミングで、商工会の会合に出席していた店長が戻ってきた。いつもほぼほぼ感情がフラットで、厄介な客にからまれたようなときであっても、にこやかに対応し、そのあとも文句を口にするようなことのない人が、眉間に皺を刻んで戻ってきたから、悠宇は驚いた。

「店長？　何かありました？」

「いやぁ……」

難しい顔でため息をついた店長は、「昨日の刑事さんの話だよ」と、会合で議題に上がったという話を持ち出す。どうやら、面倒な内容だったらしい。「ここだけの話だよ」と、店長が声を潜める。

ただ噂の域を出ない話として、会合で聞かされたようだ。

「駅向こうの再開発にかかわった業者から、逮捕者がでるかもしれない、っていうんだよ」

「逮捕？」

首を傾げつつ、ドラマや映画などで耳にする単語を呼び起した。

「よくある、談合とか袖の下、ってやつですか？」

用語の使い方として果たして正しいのか、あまりに日常とかけ離れた内容すぎて、悠宇にはよくわからない。

「それなら二課の刑事がくるはずだって、鶏幸《とりこう》の若旦那が言うんだよ」

鶏幸というのは、駅前にある人気の焼き鳥屋のことだ。数年前に代替わりして、いまは先代の息子が営んでいる。

「二課？」

「捜査二課、だったかな」

鶏幸の若旦那は、自称警察小説マニアで、自宅の本棚にはぎっしりと文庫が詰まっているのだという。そのマニアが「妙だ」と鼻息荒く持論の推論を語っていたというのだ。

「談合とか、そういうのだったら詐欺事件を扱う刑事が調べに来るはずなのに、組対《そたい》がくるのはおかしい、ってさ」

「ソタイ？」

「ほら、もらった名刺に書いてあっただろう？　組織犯罪対策部組織犯罪対策第四課って、それを組対って略すんだって」

たしかに、尋ねてきた刑事の名刺には、そう刷り込まれていた。

「その組対では、談合とか、そういう事件は調べないいんですか？」

「調べなくはないらしいんだけどね」

店長が言葉を濁す。

「組対四課ってのは、昔でいうマル暴のことなんだって」

警察が組織編制を見直し、暴力事件担当部署が名称を変えて、もうずいぶん経つらしい。ぽかんとした顔で話を聞く商店街の面々に、鶏幸の若旦那は、信じられない、という顔でさらに熱く語ったらしいが、そのあたりの話は、どうやら店長の耳を右から左にすり抜けていったようだ。

「え？」

咄嗟に悠宇の思考を過ったのは、「組織犯罪対策課」の検索結果。たしかに暴力事件云々と書かれていた。でも、小難しい説明の羅列を解読するのは難しくて、悠宇には暴力事件という表現を、暴力団と結びつけることができていなかった。

――あれって、そういう意味だったんだ……。

「だからね、駅向こうの再開発に、暴力団がからんでる可能性がある、って」

いるほうはなおさらだ。

「きっと、なんでもないですよ」

駅向こうの商店街の再開発は成功を収めて、多くの客を呼び込んでくれて、こちら側の商店街との対比が、より訪れる客を楽しませるに違いない。一つの駅の北側と南側で、まるきり雰囲気が違うのだから。

「だといいけどねぇ」

疲れ気味に返したあとで、店長は「そういえば」と何やら思いついた顔で言葉を足す。

「有働さんなら、そういう情報にくわしくないのかなぁ」

やめておこうと言った割には、やはり気になるのだろう、経済界に身を置く有働なら、水面下の話も耳に入ってくるのではないかと思案顔で言う。

「どうでしょう？　でもだとしたら、峻音くんを僕のところに通わせてないと思うんですけど……」

万が一そんな事実があるのだとしたら、さまざまな理由から大きな声では言えなくても、自分はわかっているのだから、大切な妹の忘れ形見を、危険に近づけるとは思えない。

「それもそうか……」

店長は、悠宇の見解がしっくりと納得できたようで、ようやく表情を明るくする。

「うん、きっとそうだね」

店長のこういうところに、働きはじめた当初、ずいぶんと救われたことを思い出す。父を亡くし、音大進学を諦め、母を亡くし、家族の思い出の詰まった店舗兼自宅を手放したあと。前向きに前向きに、と自分に言い聞かせなければ、とても顔を上げて前を向けない時期もあった。店長や商店街の人たち、常連客に励まされ、救われた。

だから、悠宇はこの街が好きだ。

年々景観が変わっていくのは仕方のないことだと思っているけれど、気風はいつまでも変わらないでほしいと思う。

この街で、悠宇はもう一度、思い出の店を再開させたいのだ。

「そういや先週も有働さん、顔を出さなかったんだってね」

お隣から聞いたよ、と言われて、悠宇は「お忙しいみたいで」と眉尻を下げた。悠宇だって、有働に会いたいと思っている。

「峻音くんは？」

「へいき、さみしくない、って言うんですけど、そんなわけないし」

かといって、一ピアノ講師でしかない自分が踏み込んでいい領域とも思えない。

「僕が預かるのは、全然やぶさかじゃないんですけど」

迷惑だと思っているわけではないと、そこだけは主張しておく。店長は、わかっているよ、というように微笑んで、「峻音くん、まだ小さいしねぇ」と言葉を継ぐ。

「有働さん、早く再婚したほうがいいんじゃないかなぁ」

峻音を有働の実子だと思っている店長が口にした〝再婚〟の二文字に、悠宇の胸がズキンッと痛んだ。

「そう……です、ね」

自分の反応を妙に感じるのは二度目だ。奇妙な不快感が、じわじわと胸を満たしていく。

「あれほどの人だから、結婚相手はよりどりみどりなんだろうけど、峻音くんのお母さんにふさわしい人となると、簡単にはいかないのかなぁ」

「峻音くんがまだ小さいから……峻音くんにとってママはひとりだから、って……有働さんが……」

たしかに有働の口から聞いた話なのに、店長に妙に思われないかとどうしてか不安を覚える。店長は「そうか」と頷いて、「小さいからこそ、難しいってこともあるかぁ」と納得した様子で、でかけるときに壁のフックにひっかけていったエプロンに手を伸ばした。

「駅向こうは駅向こう、うちはうち、だね」

嫌なことばかり考えていてもしようがない、と店長が明るく言う。

「そうですね」

店長の言葉に頷いて、悠宇も作業の手を再開させる。

明日は峻音のレッスンの日だ。

今週こそ、有働に会えるだろうか。

会えたら、忙しいときには自分が峻音を預かってもいいと、提案してみようか。有働には余計なことだと思われるかもしれないけれど、峻音は楽しそうにしていた。自分では結局、自宅で使用人に囲まれているのと変わらないのかもしれないけれど……。

父親の有働の代わりはもちろん、亡き母親の代わりになど、なるはずもないのだけれど、でも悠宇も十代のうちに親を亡くしている。幼い峻音の味わった寂しさとは比べようもないだろうが、共感できることは多いと思われる。

──言ってみるだけ……。

有働に嫌な顔をされたら、すぐに引っ込めればいい。

そう考えて、有働に伝える言葉をシミュレーションしていた悠宇だったが、結論から言えば、有働に思ったことを伝えることは叶わなかった。

翌木曜日。

有働どころか、峻音も現れなかったのだ。


悠宇に名刺を渡した刑事が再び店にやってきたのは、木曜の午前中のことだった。

「木野宮悠宇さん？」

店頭に立つ悠宇を見つけて声をかけてきたのは、先日もやってきた二人組の、若い刑事のほうだった。一歩後から店に入ってきた年嵩の刑事が、「ちょっとお話いいですか?」と言葉を継ぐ。

十代のころはピアノ中心の生活、就職してからは夜遅くまでの勤務のせいで、久しくテレビドラマなど見ていない悠宇にも、フィクションのなかのセリフじみて聞こえた。本当にこういう訊き方するんだ……というのが正直な感想だった。

「このまえのことですか?」

「ええまぁ。あのあと調べを進めていくうちに、いくつかわかったことがありましてね」

「わかったこと?」

「木野宮さん、あなた、この男をご存じではありませんか」

若い刑事が、スマホを操作して、ディスプレイを悠宇に向ける。写真が表示されていた。ひと目で、免許証交付時に撮影されたものとわかる画像だった。自動車免許は、警察の管轄だ。

「……」

悠宇が黙っていると、若い刑事はサッとスマホを操作して、さらに二枚、写真を見せる。こちらもやはり、免許証に使われている写真だと思われた。

「写真のなかに、見覚えのある人物はいますか?」

年嵩の刑事が問いを重ねてくる。確信をもって訊いている声音に思えた。

三枚とも、見知った人間の顔が映っていた。

けど、訊かれる意味がわからない。

「あの……？」

「知った顔はありますか？」

開きかけた口を遮るように、若い刑事が問いを重ねる。悠宇は気圧されたようにコクリと頷いた。

「どれですか？」

写真を指差すようにと、若い刑事がディスプレイを向ける。

「三人とも」

悠宇は、年嵩の刑事の表情をうかがいつつ、返した。若い刑事とは異なり、落ち着いた眼差しを向けている。その奥に、気遣うような光を感じるのは気のせいだろうか。

若い刑事を制し、年嵩の刑事が「名前はご存知ですか？」と静かに尋ねてくる。

「お店のお客さまです。有働さんとおっしゃる――」

「客？　そんな関係じゃないだろう？」

若い刑事が威嚇するように言葉をかぶせてくる。悠宇が驚いて目を丸くすると、年嵩の刑事が「てめぇは黙ってろ」と、低く部下を制した。若い刑事は、「善良そうな顔してたって、裏で何してるか……」と食って掛かろうとして、年嵩の刑事にひと睨みで黙らされる。渋い顔でぐっと口を引き結び、面白くなさそうに背を向けた。

「ほかのふたりも、ご存じですか？」

年嵩の刑事の問いは、あくまでも穏やかだった。なのに、従わざるを得ない。そんな迫力がある。

「有働さんの部下の鬼島さんと、運転手の武市さんです」

その返答にも、若い刑事は「何が部下だよっ」と、聞こえよがしに吐き捨てる。今度こそ、年嵩の刑事に「外に出てろ」と追い払われた。

「申し訳ありませんね。若いやつは血の気が多くて」

あれでもなかなかいい刑事なんですよ、と微笑む。だが目は笑っていないと感じた。

「なにか、あったんですか？」

「我々はいま、ちょっとした恐喝事件を追ってましてね。自殺者も出ていて、悪質なやり口です」

だから若い刑事は頭に血が昇っているのだと言う。「被害者のことを思うゆえの言動ですから、どうかお許しください」と言葉だけ詫びられても、納得しかねる気がした。

その事件と有働が、どう関係しているというのだ？　鶏幸の若旦那情報によれば、目の前の刑事は暴力団担当のはずではないのか。恐喝と聞くと、たしかに暴力団がかかわっていそうだけれど。

「有働玲士、ＵＤＯホールディングス代表取締役ＣＥＯ、高校からアメリカに渡り、向こうでＭＢＡを取得後帰国、起業し、実業家として成功を収める」

刑事が、淡々と語る。

有働の口から聞いたことのない情報も含まれていた。

「あの男はね。我々警察にとって、タブーの塊なんですよ」

「タブー？」

禁忌？　あるいは聖域？　どちらともとれるが、意味は正反対だ。

「正直、私も関わりたくはない。だが、いつもは無駄なことに手を出さない賢いヤツが、今回に限って、面倒な事案に自ら首を突っ込んでやがる。それが非常に謎《なぞ》でしてねぇ」

「……？」

悠宇はただ、刑事の言葉を頭上に盛大なクエスチョンマークを浮かべて聞くだけだ。まったくわかっていない顔の悠宇を見て、刑事は「こんな初心《うぶ》なガキを巻き込みやがって」と、誰に言うともなく吐き捨てた。

「あの……有働さんに何か？　峻音くんは？」

峻音の名を出すと、刑事は眉間に皺をよせ、「子どもに罪はありませんが……」と言葉を濁す。

――罪……？

「あの……」

「木野宮悠宇さん」

あからさまに、問いを遮られた。そういえば、警察は、質問はしても、質問には答えないと聞いたことがある。

「亡きご両親を悲しませないように」

「……え？」

それだけ言って、刑事は背を向ける。店の軒先では、若い刑事が背筋を伸ばして上司を待っていた。

忠実な犬のようだ。

店を出るとき、年嵩の刑事はいったん足を止め、背後の悠宇にチラリと視線を寄越す。逡巡しているように見えたが、それも一瞬のことだった。

「有働のもうひとつの顔を、あなたはご存知ないようだ」

「……？　もうひとつの、顔……？」

「あなたのような善良な一般人が、かかわらないほうがいい世界がある」

そう前置きして、刑事はおよそ信じがたいことを口にした。


「ありえません」と、悠宇は一笑に付した。だが、刑事の眼差しが、それを跳ねのける。それ以上の言葉は、唇が震えて出てこなかった。

「本当に賢い悪党というのは、悪党の顔をしていないものです」

もう少し世間を知ったほうがいい。でなければ父親の店を取り戻すなんて不可能だろうと、刑事の去り際の言葉が鼓膜に届く。

自分のことを調べたのだと、暗に示唆《しさ》するものだった。

警察に経歴の一切合切、仕事やプライベートでの人間関係の詳細まで、握られているのだとわかる

一言だった。

なによりもそれが、悠宇の血を冷やす。

——どうして……？

自分は、警察に目をつけられるようなことなど何もしていない。

自分は——。

『有働玲士には裏の顔がある』

刑事の言葉が蘇《よみがえ》る。

『有働玲士は——』

悠宇は、ぎゅっと瞼《まぶた》を瞑《つむ》って、頭《かぶり》を振った。刑事の声を鼓膜から振り払うかのように。

時計を確認する。峻音がくるまでに、すませておかなくてはならない仕事が山ほどある。ボーッとなどしていられない。

店頭に並べるために、アレンジメントフラワーを作らなければ。小ぶりなサイズがよく売れる。食卓や玄関先に飾りやすいサイズの、可愛らしいアレンジメントだ。悠宇のセンスを買って、わざわざ立ち寄ってくれる常連客も多い。

だから、呆然としている暇はない。

手を動かさなくては。

「……っ！」

ハッと手元を見ると、鮮血が左の親指を伝っていた。ハサミの先で傷つけてしまったのだ。

いつもなら、こんな失敗しないのに。

水に強い絆創膏《ばんそうこう》を貼って、仕事を再開する。

だが、いつもはほとんど意識することなく、手が動いていく作業が、まるで進まない。いつもどうしていたんだっけ？　と、考え込んでしまう。

出来上がったアレンジは、到底売りものにならない仕上がりだった。色も形もバランスが悪いし、もたもたしているから花が萎れてしまっている。

「ごめんね……」

無駄にしてしまった花に詫びて、ひとつ大きな息をつく。

店頭に買い物帰りの客の姿を見つけ、気持ちを切り替えた。


その日、いつもならとうに峻音が来ている時間。

隣の楽器店主が、「峻音くんはまだかい？」と、花屋の軒先に顔をのぞかせた。

時計を確認すると、約束の時間を五分すぎている。たかが五分だが、いつも時間きっちりに送り迎えされていることを考えると、五分の遅刻も妙だった。

加えて、今朝がたの刑事の来訪だ。

あれから数時間、悠宇は落ち着かない時間をすごした。店ではいつもなら絶対にしない失敗をいっぱいして、自分が自覚する以上に動揺しているのだと気づかされた。体調が悪いのではないかと心配してくれる店長には、ちょっと寝不足なだけだと誤魔化して、峻音のくる時間をいまかいまかと待っていたのだが……。

約束の時間を十五分すぎてようやく、携帯端末にメッセージが入る。

送信者名は峻音だが、あきらかに峻音の文章ではなかった。

『本日はおうかがいできなくなりました。ご連絡が遅くなり大変申し訳ありません。有働』

有働が打ったのかも怪しいと思った。有働の名前で鬼島が書いていることも考えられる。そんなことを思ってしまうほどに、定型文のメッセージだった。

「峻音くんはどうしていますか？」

「有働さん、お忙しいのですか？」

「何時でも構いませんので、お電話ください」

思いつくままにメッセージを送るものの、既読マークすらつかない。

「有働さんとお話がしたいです」と最後に送信して、諦めた。アプリを閉じ、大きく息をつく。無意識にも、肩に力が入っていた。

『有働玲士は――』

忠告のつもりだったろう、投げられた刑事の声を振り払う。

直前の逡巡はきっと、悠宇を慮《おもんぱか》ってのものだったに違いない。けれど、余計なことだという気持ちのほうが強かった。

会員制の高級サロン。窓際に並ぶひとりがけのテーブルは、間に観葉植物が置かれ、客同士が顔を合わせることがないように配慮がなされている。

その一番端に、ひとり掛け用のソファとソファの間がほかよりいくらか狭くなっている二席がある。

有働が端から二つ目のソファに腰を下ろしたとき、一番端の席に座る中年の男は、ウイスキーのボトルをすでに三分の一ほど空けていた。相変わらずの酒豪の上に、遠慮のないオヤジだと、苦笑する。

「ごちそうさん」

礼の言葉の向く先は有働だ。ここの支払いが有働になるのをわかっていて、遠慮なく最高級のウイスキーをオーダーしている。「刑事の安月給じゃ、こんな酒のめねぇからな」と、悪びれることなく言う、不良刑事だが、信頼に値する人物でもある。

「あの坊やに、話したぞ」

「そうですか」

思いがけずあっさりした返答に聞こえたのだろう、ベテラン刑事は「それだけか？」と、揶揄《やゆ》のこもった指摘を寄越す。

「余計な手間が省けました」

善良な青年を騙《だま》しておいて……と言いたげな視線を向けられてもいまさらだ。偽ることには慣れている。

「そうやってワルぶるの、いいかげんやめねぇか」

自分とこんな風につながっていると組織の上に知れたら飛ばされかねないだろうに、鋭い捜査カンを持つベテランは、飄々《ひょうひょう》とした口調でそんな忠言を寄越した。

「私が生粋《きっすい》のワルなのは、よくご存じでしょう？」

十代のころに出会って以来、何度も手を煩わせた。今度こそ更生させてやると少年だった有働に雷を落とし、しかしそのたび横槍が入って煮え湯を呑まされた。それでも飽きることなく有働を導こうとして、結局失敗に終わった、哀れでやさしい人だ。

「ああ、そうだな。学のあるワルほど性質《たち》の悪いものはない。そのくせお家柄もいいときてやがる」

俺の息子だったらボコボコにして性根を叩き直してやるところだと、怒鳴られたのは幾つのときのことだったろう。そういう刑事に息子はいない。とうに嫁に行った娘がふたりいると聞いている。

「……」

黙る有働に、刑事が意地悪く口角を上げる。

「その話はご法度《はっと》か？　だが、組織のある程度の役職にある連中は、みんな知ってることだ。おまえさんが、有働の家の汚点だってことはな」

刑事の言葉に、ククッと喉を鳴らして笑う。

「汚点とは、なかなか厳しい」

だがまあ、事実は事実だ。

覆い隠したい、できることならなかったことにしたい、苦々しい現実。それが有働の存在だ。

家の名を穢《けが》すな、父親の顔に泥を塗るなと、邪険にされつづけた少年のころ。だが、半端なワルを気取っていた子どもにも、絶対に譲れない正義があった。

表向き世間がどう言おうと、有働が育った環境に正義はなく、ただただ吐き気を催すほどの汚職と利権に絡む金と、そして世間体に塗り固められた家名という名のおぞましい化け物が巣食うだけの空間だった。

そこから自力で抜け出し、背を向け、己の信じる道のみを進んできた。間違っていたとは、いまも思っていない。

「そうだろう？　おまえさんの存在がなけりゃ、今頃親父さんはサッチョウの――」

「――無駄話もほどほどに。愉快な話ではない」

ベテラン刑事の昔話に付き合うには、今は少々気が立っている。

昔より、守るべきものが増えた今、策略はどれほど巡らそうとも、完全とは言い難い。

腹立たしいことに、有働の計算高さも策謀家の頭脳も、有働にY染色体を与えた人物から譲り受けた資質であることは明白だった。

己の肉体に流れる血のすべてを入れ替えたいとすら願った少年の日は、今思えば笑い話でしかないが、あの当時は半ば本気だったのだ。

ベテラン刑事は、そうした有働の経歴のすべてを知っている。だからこそ、わざわざ呼び出して、面白くもない話をするのだ。

「へいへい。親子喧嘩も大がかりすぎて性質がわりぃや。警察のみならず、政治も官僚も巻き込んでやがる」

きわどいことを言う。自分こそ、組織の歯車でしかないと自覚しているだろうに。

「言葉にはお気を付けください。もう少し上にいきたいのでしょう？」

「手柄を立てさせてくれるってか？」

愉快そうに返してくる。

こういう、無駄に安っぽい正論を振りまかないところも、有働がこの刑事を気に入っている理由のひとつだ。長い物に巻かれることを知っている。一方で、譲れない一線は絶対に死守する、刑事としての矜持《きょうじ》も捨てていない。

「開発業者とつながった幹部を何人か、挙げられるように手配しましょう」

「そんなことして、おまえさんは大丈夫なのか？　おまえを猫かわいがりしてる会長が許しても、兄貴分たちが黙っちゃいねぇだろうが」

「文句があるのなら、私を切ればいい。……切れるものなら」

不敵に言う有働の横顔に、ベテラン刑事は「強気だな」と呆れたように言った。

「だがまぁ、もはや、おまえという金庫番なしに組織が成り立たんのは事実だからな。会長の覚えも目出度《めでた》いとなりゃ、そうそう手は出せんか」

あとが怖い、と刑事は大仰に首を竦める。

「状況判断力のない馬鹿が仕掛けてくることはあります。あるいは、己の力量を過信したチンピラ以下の阿呆か……」

自嘲気味に零れる言葉を、ベテラン刑事は目を細めて聞く。そして、「妙な暴露《ばくろ》はやめてくれよ」と釘を刺した。

「おまえにワッパはかけたくねぇ」

「定年までには絶対にお縄にしてくれるんじゃなかったのですか？」

「俺は馬鹿でも阿呆でもないからな。状況分析力はあるんだ」

無理なことはしないし、諦める要領も持っていると笑う。手にしたグラスのウイスキーを呑み干し、視線を壁一面のガラス窓の向こうに広がる都会の夜景に向けた。

「妹夫婦の件は、おまえさんのせいじゃねぇと何度も言ったと思うが」

後悔は消えないだろうが、自分を責めてもいいことは何もないと言う。

「ほかの誰に責任があると？」

「被疑者にきまってんだろうが」

「その被疑者を駆り立てたのは、自分です」

おおもとの責任は自分にある。自分が背負う肩書が、離れて暮らしていた妹を巻き込んだ。

自分同様、父と反目して駆け落ち同然に家を出て、愛する人と幸せな家庭を築いていた。裏社会とはまったく無関係の妹を。

「仁義の欠片《かけら》もねぇ半グレのやらかしたことだ。組織の報復は必至《ひっし》だった」

苦々しく吐き捨てる。

古き良き時代を知るベテラン刑事の目には、義理も人情も理解しないチンピラのやらかす現代的な犯罪は、何より忌むべきものとして映るようだ。

だが、そういう人間に隙を見せたのもまた、自分の落ち度以外のなにものでもない。

「それほど後悔してんなら、あの坊やには二度と関わらないこった。坊ちゃんは泣くかもしれねぇがな」

苦い表情の有働に、刑事は、たぶんきっとこれを言いに来たのだろう、手痛い忠告を寄越した。

悠宇に有働の正体を明かし、有働にはだからこれ以上関わるなと忠告する。およそ組対刑事の捜査の範疇《はんちゅう》を超えたサービスの良さだ。過剰《かじょう》なほどに。

「幼子のことです。すぐに忘れます」

峻音は泣くだろうが、新しいピアノ教室を見つけてやれば、そのうち子どもゆえの柔軟さで、目の前の楽しいことに興味を移すだろう。

悠宇は、幻滅して、きっと二度と連絡を寄越さないに違いない。

「だといいがな」

そう簡単な話でもないと思うぞ、と子持ちゆえか、あるいは年長者としてのものか、妙に重い言葉をくれる。

峻音にはいかようにも誤魔化すことが可能だと思っている時点で、有働は子どもという存在を理解していないのかもしれない。自身の幼少時を思い起こせばわからないはずもないことを、親となったときには思い至れなくなるのはどうしたことだろう。

気がかりは、峻音ばかりではない。

「手切れ金を託したら、届けていただけますか?」

有働の言葉に、ボトルの蓋を開けようとしていた手をとめて、刑事が「おいおい」と顔を向ける。

「そういう仲だったのか?」

「まさか。峻音の子守りです」

それ以上の付き合いはないと返したにもかかわらず、「女に飽きたのか?」と失礼極まりないことを言われたが、有働は無視した。刑事にしたところで、冗談のつもりしかないのはわかっている。

「どっちにせよ、やなこった」

「連れないですね」

「自分で行ってこい」

「巻き込むなと言ったのはあなたでは？」

そうだったか？　と、ベテラン刑事は天井を仰ぐ。そして、グラスになみなみと酒を注いだ。ウイスキー愛好家が見たら、発狂しかねない呑み方だ。

「世の中の穢れたものなんかなんも知らねぇって綺麗な目をした坊やだったな」

意外と苦労してんのに……と刑事が呟くのを聞いて、「調べたんですか？」と目を細めて見やる。

「睨むなよ」

何者かわからなければ出方を測れない。捜査の一貫でしかたなくしたことだと返され、「会議には上げてねぇよ」と言われて、当然だと一瞥した。

「数日中には動きます」

それまで見て見ぬふりを貫けば、その後の手柄は刑事のものになる寸法だ。

「死ぬなよ」

「それほど安くはありません」

この程度のことで、過分な心配をされても困る。素人を巻き込まないために、時間をかけて水面下で準備を整えたのだから。

グラスに残ったウイスキーを呑み干し、「ごちそうさん」と刑事が腰を上げる。

一度背を向けて、しかし踏み出した足を止めた。

「そこまでして――」

言いかけて、「いや」と言葉を濁す。

「おまえさんがメリットのないことをするわけがねぇか」

そういうことにしておこう、と自身の内で勝手に合点して、納得顔。ひとこと余計なのと察しが良すぎるのが、このベテラン刑事の悪いところだ。

だからこそ、一度目の訪問では語らなかったことを、二度目の訪問で悠宇に話したのだ。有働の素性を――。

「口が軽いと、命を縮めますよ」

釘を刺す。

「おまえさんと刺し違えるなら、マル暴刑事としちゃ、上々の最期だろうさ」

愉快そうに笑って、背中を向けたまま手を振り、薄暗い照明の向こうへ消えた。

「こちらが願い下げだ」

苦く言って、有働はソファの背に身体を沈ませる。だが、自身の口元に消しきれない笑みが浮かぶのも事実。

話の分かる刑事を味方につけ、あとは最後の詰めを残すのみ。

幼子の泣き顔は見たくはないが、こちらにも譲れないものはある。引き取ることを決めたときに、幼子に待ち受けるだろうさまざまな理不尽を、親の立場で受けることは覚悟した。峻音自身がそれを望まないときには、いずれ当人の意思で人生を選択させるつもりだ。

――『そこまでして――』

刑事が言いかけてやめた言葉。

皆まで言わずにとどめたのは、ベテラン刑事なりの気遣いだったのか。あるいは、これ以上弱点を抱えてどうするのかと、忠告するのも野暮と思い直したためか。たぶん両方だろう。

だが残念ながら、刑事の心配は杞憂《きゆう》に終わる予定だ。

足早に現れた鬼島を見て、そろそろ時間かと腰を上げる。だが鬼島は、厳しい表情で有働の傍らに立ち、耳打ちをした。

「峻音が？」

峻音が自宅から姿を消した、という報告だった。

頷いて駐車場に降りると、車の傍らで武市が深々と腰を折った。

「申し訳ありません。うちのが少し目を離した隙に」

日常的に峻音の世話をしているのは武市の細君だ。

「いい。行き先の想像はつく」

詫びる必要はないと制して、車に乗り込んだ。

有働が指示を出さずとも、武市はその「行き先」に向けて車を発車させる。

あの子の妙な敏さと賢さは、いったい誰に似たものか。亡き妹は、もっとおっとりとしたタイプだった。昔一度だけ顔を合わせた妹の夫――妹の同級生で、ふたりともまだ高校生だったが――も、似たタイプだったと記憶している。

まったく忌々しい血だと、有働は胸中でひとりごち、乗り込んだ車のシートに背を沈ませた。


一日の労働によるものではない疲れが、悠宇の薄い肩にのしかかり、足取りを重くさせる。

帰宅に、いつもの倍の時間がかかったような錯覚を覚えたが、実際は五分ほど余分にかかっただけのようだ。

部屋に上がろうとしたところに、車の走行音。向かいからくるヘッドライトの眩《まぶ》しさに目を眇める。

シルエットから、ハイヤーと知れた。

近所の誰かがタクシーで帰宅したのか。豪勢なことだが、悠宇には関係ない。部屋にあがろうとして、だがハイヤーを降り立った小さな影がたたたっと駆けてくることに気づいた。

「おにいちゃん！」

え？　と顔を向ける。

小さな身体が悠宇に飛びついてきて、太腿あたりにぎゅむっと抱き着いた。

「峻音くん!?」

幼子の突進を受け止め、悠宇は驚いて目を瞠る。峻音の大きな瞳が、縋《すが》るように悠宇を見上げた。

「どうしたの？　パパは？　鬼島さんは？」

もしかしてひとりできたの？　と、しゃがみ込んで目線を合わせる。峻音の肩越し、ハイヤーが走り去るのが見えた。有働の指示なら、運転手が峻音だけ置いていくはずがない。

いまどき、スマートフォンのアプリでハイヤーを呼ぶことも支払いも可能だ。幼い子どもたちがデジタルネイティブと呼ばれ、デジタル機器をあたりまえに使いこなす時代になってすでに久しい。自力でハイヤーを呼び、ここまで来たことは充分に想像の範疇だ。

常に誰かが傍にいただろうに、どうやって家を抜け出したかは不明だが、大人視点では見えない盲点――抜け道となる経路があったのだろう。

峻音の小さな手が、悠宇の胸元をぎゅっと握る。

「峻音くん？」

「パパが、ダメだって」

「……え？」

「おにいちゃんにあいにいっちゃダメだって」

だから家を抜け出してきたのだと言う。

「おうちにいなきゃダメって。ようちえんもダメって……」

話すうちに気持ちが昂《たかぶ》ったのだろう、しゃくりあげはじめた峻音のやわらかな髪を撫で、小さな頭をぎゅっと抱きしめる。

――幼稚園にも行かせてない？

悠宇のところへピアノを習いに来るのを禁じたのみならず、そもそも家から出していないのかと疑問が過った。

「幼稚園も行ってないの？」

いつから？　と尋ねると、峻音は小さな指を折って日数を数える。「そんな前から？」と、悠宇は戸惑いを深くした。

「お兄ちゃんちに行こう」

お腹空《なかす》いてない？　と頬を撫で、小さな手を引く。峻音はようやく、笑みを見せた。

こんなことなら、スーパーによって買い物をしてくるのだったと、冷蔵庫内の食材の寂しさを思い起こす。いつものスーパーの前で足を止めたものの、食欲が湧かなくて、そのまま通りすぎてしまったのだ。

オムライスくらいならつくれるかもしれない。

デザートはどうしようか……そういえばバッグのなかに、もらいもののお菓子がいくつか入っていたはず。あとココアの買い置きも、まだ残っていたはずだ。

「いま、あったかいココアつくるからね」

峻音をソファに座らせ、自分は急いでキッチンに立つ。インスタントココアだが、蜂蜜《はちみつ》を少し足して甘さの調節をして、火傷《やけど》しないように木製のスプーンを添えてローテーブルに置いた。

ホイップクリームがあればよかったのだけれど……と考えて、ふと思い至り、バッグを漁《あさ》る。常連客からおやつにどうぞとおすそ分けを貰《もら》った個包装のマシュマロを入れっぱなしにしていたのを思い出したのだ。

湯気を立てるカップに真っ白なマシュマロを落とす。峻音はゆっくりと溶けていくマシュマロを興味深げに見つめた。マシュマロの入ったココアを飲むのははじめてのようだ。

峻音がそれを飲んでいる間に夕食の準備をして、それからゆっくり話を聞こう。……峻音が、父親のどこまでを理解しているかはわからないけれど。

「オムライスでいいかな？　あと、コーンサラダ」

悠宇の提案に峻音が嬉しそうに頷く。

いつもより甘めの味つけのチキンライスで手早くオムライスをつくり、ローテーブルで峻音と向き合って遅い夕食にありつく。峻音の存在が、重かった気分を明るくしてくれた。

「どう？　口に合うかな？」

「おいしいよ！」

悠宇がよかった……と微笑むと、峻音も嬉しそうに頷く。口元についたケチャップを指先で拭ってやると、少し恥ずかしそうに「へへ……」と笑った。

だが、楽しい時間は長くはつづかなかった。

ふいに玄関チャイムが鳴ったのだ。

夜遅い時間。宅配便の時間指定の一番遅い時間もすでにすぎている。そんな時間に、ひとり暮らしの悠宇の部屋の玄関チャイムを鳴らす者はない。

だが今日は、ひとりだけ思い当たる顔がある。

峻音が、小さな手にスプーンをぎゅっと握ったまま、固まり、俯く。峻音にも、誰が玄関チャイムを鳴らしたか、察しがついているのだ。

「大丈夫だよ」と、小さな頭を撫でて、腰を上げる。

ドアフォンのモニターを確認すると、案の定の顔がこちらをまっすぐに見ていた。粗《あら》いモニター越しなのに、悠宇の心臓がドクリと跳《は》ねる。だがそれは、驚きや恐怖によるものではない。悠宇はすでに、それに気づいていた。

刑事からすべてを聞かされた瞬間に、気づいてしまったのだ。

ドアを開けると、厳しい顔の長身が悠宇を見下ろす。

「峻音がご迷惑をおかけしました」

連れて帰ります、と有働が部屋の奥へ目をやる。

悠宇は、有働の前に立ちはだかるように、一歩下がった。

「峻音くん、ずっと幼稚園にも行ってないそうですね」

まっすぐ有働を見据えて問う。有働は薄いグラスの奥の瞳を細め、「峻音からお聞きになられたのですか」と問い返してきた。

「ただお忙しいだけじゃない、ってことですか？」

悠宇のもとまで送り迎えができない、というのならわかる。だが、幼稚園まで休ませているとなると、話が違ってくる。

峻音はただ、寂しくて家を抜け出してきたわけではない。幼稚園にも行かせてもらえず家に引きこもる日々にストレスを感じて、悠宇に救いを求めにきたのだ。

でなければ、あんなに賢い子が、有働の言いつけを破るはずがない。どうしても我慢しきれない状況にあったのだ。

「事情がありまして」

悠宇には関係のないことだと濁される。

「事情って、なんですか？」

いつになく強気に、悠宇はさらに質問を重ねた。有働がス……ッと目を細める。

「失礼ながら、先生にお話しする必要のないことです」

「……っ」

硬質な声に突き放されて、悠宇はぐっと言葉に詰まる。それでも、このままあやふやにして、これっきりになるのは嫌だった。

「峻音くんは、僕に助けを求めにきたんです！　無関係なんかじゃありません！」

ほかの誰でもない、峻音は悠宇を頼ってきた。

お友だちでも、幼稚園の先生でもなく、週に一度ピアノを教えているだけの悠宇を頼って、窮屈な家から抜け出してきたのだ。

つい声が大きくなったのを、「ご近所の迷惑になります」と諫められる。誰のせいで……！　と理不尽な怒りが湧いた。

有働は、これっきりにしようとしている。

ここで馬鹿正直に峻音を引き渡したら、きっと、来週には「やめます」とピアノのレッスンの断りの連絡が、有働ではなく鬼島から入るに違いない。そして、峻音の母親の月命日に、店に花を買いに来ることもなくなる。

悠宇は、確信していた。

だから、さらに一歩、踏み込む。

「僕のところにいるほうが、安全なんじゃないんですか？」

自分のところにいるぶんには、峻音に火の粉が降りかかることはないのではないか。どんな火種から飛ぶ火の粉なのかは、敢えて口にしなかった。

有働は、何も答えない。

焦《じ》れた悠宇は、ぐっと拳を握って、そして意を決して口を開いた。

「峻音くんに危険が降りかかる可能性があるから、家から出さないんじゃないですか？　それは――」

その理由は――。

紡ぐはずの言葉が喉に引っかかって出てこない。

「……っ」

――『有働玲士は――』

刑事の声が脳裏を過って、だが悠宇が覚悟を決めるより早く、有働が静かな声で言った。

「刑事が、行ったでしょう」

店に刑事が話を聞きに来ただろうと言われて、ギクリと肩を揺らす。

すべてわかっていて、悠宇の戸惑いも躊躇いも憤りも、すべてわかったうえで、こんな遠回しな言い方をしているのだと察した。

「全部、お聞きになられたのでは？」

「……っ」

刑事から、何もかも聞いたのではないかと追及する声は、いつもの有働の紳士的な口調ながらも、その奥に悠宇の知らないヒヤリとした何かを孕んでいた。

「……っ、名刺に、組織犯罪対策第四課って、あって……」

警察組織のことなどまるで知らなかったから、刑事が何を調べているのか、言われるまでわからなくて……、言葉を選ぶ悠宇をまどろっこしいとばかりに、有働が端的に言葉を引き継ぐ。

「昔のマル暴のことです」

サラリと口にされて、悠宇は驚いて顔を上げた。見据える有働の瞳とぶつかる。思わず息を呑んだのは、そこに見たのが、悠宇の記憶のどこにもない、有働の表情だったから。

インテリ然とした風貌に似合う紳士的な物腰で、甘い声でおだやかに話す、ビジネスマンの姿はどこにもなかった。

「あ……」

零れ落ちた声が、恐怖を孕んでいることに気づいて、悠宇は驚く。有働に対してこんな感情を抱くことになるなんて、考えもしないことだった。

――『赫鳳会《せきほうかい》という名を聞いたことがありますか？』

背を向けていったん足を止めた刑事は、そう言葉を継いだ。

――『赫鳳会？』

ニュース番組で耳にすることはある、と答えた悠宇に、刑事は『なら話は早い』と言ったのだ。

赫鳳会――東日本最大の構成員数を誇る広域指定団体。簡単に言ってしまえば――。

――『有働玲士は――』

「……っ、ヤクザだ、って刑事さん、が……っ」

有働の眼差しひとつに、ろくに言葉も紡げないほど恐怖を覚える自分が信じられなかった。有働の放つ気にあてられ、硬直した身体が動かない。情けなくて、涙が滲んできた。

有働が意図的にそうしているのだと、頭ではわかっている。わかっていても、身体は本能的に狂気じみた暴力の気配を感じとる。

「きみは騙されていたんだ、悪いことは言わない、二度とあの男とは会わないほうがいい」

悠宇は驚きに目を瞠る。それは、刑事が悠宇に向けた忠告そのままの言葉だった。

「……っ」

唇を戦慄かせる悠宇に、有働が酷薄そうな笑みを向ける。そんな表情をすると、インテリ然として見えていた有働の風貌が、闇社会の気配をまとって途端に悪辣《あくらつ》さを滲ませる。

「あのお節介なオヤジの言いそうなことくらい想像がつく」

言い放つ口調も、荒っぽくなった。

「峻音…くん、は……関係な――、……っ」

峻音のこととは別問題だと、懸命に返そうとした口は、唐突に伸ばされた大きな手に頤《おとがい》を摑まれたことで阻まれた。

「……っ！」

ビクリッ！　と首を竦める。

「こんなに怯えていながら、何を言い出すかと思えば」

「違……っ」

「先生の言うとおりだ。峻音は組織とは関係ない。だから、あんたが気づかなければ、峻音の気のすむまで好きにさせるつもりだった」

だが、素性がばれた以上、もうここへは来られないと言う。

人間らしい体温を感じさせない有働の手が、悠宇の肌からひやりと熱を奪っていく。浅いながらも懸命に深呼吸をして、悠宇はその瞳に有働を映した。冴え冴えとした光を宿す瞳を、懸命に見返す。

だが不思議なことに、有働の瞳の中心に映る自分を認識した途端、スーっと身体の芯から恐怖が引いていくのを感じた。こわばりが解ける。

頤を摑む有働の手にそっと自身の手を重ねて、ゆっくりと外す。そして、両手で大きな手をぎゅっと握った。

「僕が知っている有働玲士さんは、峻音くんのパパです。大きな会社の社長さんで、毎月同じ日に亡くなった妹さんのお墓に供えるお花を買ってくれるお客さんで……」

不謹慎だとわかっているけれど、と前置きして、言葉を継ぐ。

「毎月十八日が、僕は楽しみで……今月はどんなお花にしようかな、とか何日も前から考えて、市場でイメージに合うお花を見つけたら、店長に無理いって仕入れてもらったりして、勝手にそんなことしてて……この一年ずっと……っ」

全部演技だったなんて言わせない。悠宇の知る有働だって、有働の一部のはずだ。

「そういう有働さんしか、僕は知らないから……っ」

だから、そんな怖い気を放たないで、と訴える。

自分などを威嚇してどうしたいのか。悠宇に何を言わせたいのか。どんな反応を期待しているのか。

「ヤクザだなんて知らなかった！　いい人のふりして、騙された！　二度と店に来ないで！　顔も見たくない！」

我ながら演技力は皆無だな、と嗤《わら》える。棒読みすぎて、想定された脚本の安っぽさが際立つのは、結果としてよかったかもしれない。

「……っ、こう言わせたかったんでしょう!?　でも、無駄です。峻音くんのパパしてる有働さん、見ちゃってますから、僕」

あれが全部、表向きの演技だったと言うのなら、今からでも遅くない。俳優に転職すべきだ。失礼ながら言わせてもらえば、そんな演技力が有働にあるとは思えない。自分を偽るのはうまくても、それだけだ。有働の醸す迫力に簡単に騙される人は多いのだろうが、本音でぶつかろうとしている人間には通じない。

廊下を駆ける小さな足音。

「おにいちゃん！」

高い体温が、悠宇の足にぎゅむっとしがみついてくる。不安げに悠宇を見上げるものの、有働の顔を見返す勇気はないようで、顔を隠すように俯いた。

「峻音くん、奥にいて、うちにいられるように今パパにお願いして――」

「帰るぞ」

有働の低い声に、峻音の薄い肩がビクリと跳ねる。怒られるのも、すぐに見つかることも、最初から覚悟していたのだろう、観念したように恐る恐る顔を上げた。

「なぜ家を出てはいけないのか、説明したはずだな」

父親の追及に、峻音がコクリと頷く。「来なさい」と言われて、ぎゅっと摑んでいた悠宇のデニムから手を離す。有働が腕を伸ばして、峻音の小さな身体はあっという間に有働の腕に抱き上げられていた。

「有働さん!?」

有働が玄関ドアを開けると、タイミングを計ったかのように鬼島が顔をのぞかせて、有働の腕から峻音を引き取ってしまう。

「峻音くん……！」

悠宇の声に切なげな顔で振り向くものの、峻音は何も言わない。

「峻音」

有働に諫められ、「ごめんなさい」と消え入る声で詫びる。有働に詫びたわけではないとわかった。峻音は悠宇に詫びたのだ。迷惑をかけてごめんなさい、と……。

鬼島が、悠宇に会釈をして、ドアを閉める。

「峻音くん……！」

無情にも、ドアが閉まり、その前に立ちはだかる長身。

「ああやって、これからも峻音くんに我慢を強いていくんですか!? あんな小さな子に――」

「黙れ」

言い募ろうとした文句は、低い恫喝《どうかつ》に阻まれた。

ひゅっと喉が鳴る。唇が震えて、紡ぐはずだった言葉を見失った。

「想像力が欠如しているようだな」

よくそんなで音楽家を目指していたものだと揶揄される。どういう意味なのかと目を瞠る悠宇に、有働は上から見下ろすように顔を近づけてくる。威嚇の視線が、悠宇を射竦めた。

「赫鳳会系有働組組長、それが俺の真の顔だ」

裏の顔ではない、それが真の顔だ、と眼鏡の奥の瞳を眇める。

その肩書が何を意味するのか、どういう生活をもたらすのか、想像がつかないわけではあるまい？と迫る。いまどきフィクションも、斯界《しかい》をよくよく取材の上でつくられている。知らないはずはないだろう、と……。

あの刑事は言った。「有働玲士は赫鳳会の幹部だ」と。「会長の一番のお気に入りで組織運営を担う金庫番」で「一番の若手ながら最大勢力を誇るインテリヤクザ」で、そして「次期会長候補筆頭だ」とも……。

――『チャチなワルじゃない。だからこそ、性質が悪い。かかわらないにこしたことはない』

たしかに忠告しましたよ、と刑事は念押しして立ち去った。

その声音には、善良な一市民を案じる気遣いがあった。刑事は、何も知らずに巻き込まれた悠宇を本気で心配してくれたのだろう。

けれど、悠宇が本当に知りたいのは、そんなことじゃなかった。

「僕が気づかなかったら、ずっと黙っているつもりだったんですか？　峻音くんにも――」

「峻音には、引き取るときに全部話してある」

有働の返答に、悠宇は「え？」と視線を上げた。

「こんな父親が嫌になったら、いつでも里親を探してやると最初に言ってある。選ぶのは峻音だ」

「そんな……」

そんな言い方……と、悠宇はゆるゆると首を横に振るが、有働の眼差しには微塵《みじん》の感情の揺らぎも見られない。

「あんな小さな子に、そんな判断力あるはずが――」

「幼くともわかる。自分の家が普通と違うことはな」

それはそうだろうが、それにしたって言い方と言うものがある、と悠宇は思った。子どもだからと誤魔化《ごまか》さず、正直に話すのはいいことだと思うが、何もかもすべてそれでいいわけではないだろう。

責める視線を向ける悠宇に、有働は淡々と言葉を継ぐ。眉間に刻まれる渓谷が、わずかに深められた気がした。

「自分がなぜ俺のような男に引き取られることになったのか、自分の両親がなぜ死ななくてはならなかったのかも、全部ではなくても理解している」

峻音の両親が亡くなった理由？

事故死だと聞いたが……。

「……っ⁉」

ゆるり……と目を瞠る。その反応で、悠宇がすべてを察したことを、有働は理解したようだった。

まさか……と、唇を戦慄かせる悠宇に、有働は皮肉に口角を上げる。有働の持つ肩書が、妹夫婦の死に関係しているというのか？

「峻音は懸命な判断をした。あんたも自分がどうするのが一番いいのか、わかるだろう？」

だからもう、二度と峻音はここには来ない、と背を向けようとする。その背に、悠宇は叫んだ。

「わかりません！」

有働が呆れたような視線を寄越す。

伸ばされた手が、悠宇の薄い肩を掴んだ。有働にかかったら、悠宇の貧弱な肩など、片手で潰せそうだ。

「俺があんたに危害を加えることはないと思っているのなら、とんだ勘違いだぞ」

肩を掴む手に、ぐっと力が籠《こ》められる。痛みに、顔を顰《しか》めた。

「……っ」

悲鳴を呑み込んで、キッと有働を見上げる。

「こんな脅しになんて……っ」

絶対に屈したりしない！　と気丈に返すも、多少声が上ずるのはどうしようもない。

「脅し？」

嘲《あざけ》るように落とされる呟き。

舐められたもんだな、と低い声が間近に囁く。吐息が、耳朶を掠めた。

「……っ！　痛……っ！」

乱暴に腕を引っ張られ、部屋の奥へ連れ込まれる。ソファに放り投げられ、腕がローテーブルに当たって、峻音が使っていたフォークが跳ねてラグの上に落ちた。

オムライスは、半分以上残っている。もはや冷めて、とても食べられないものになってしまった。

峻音と、楽しい時間をもっと過ごしたかったのに。

そんなことに一瞬気を取られた隙を突かれた。頭上に両手を縫いつけられ、視線を合わせるように頤を摑まれる。

「や……っ、なに……!?」

頭を振って拘束を逃れようにも、力ではかなわない。突然の暴力に、悠宇は抵抗の術《すべ》もなく啞然とのしかかる男を見上げた。

「そんなに俺たちに関わりたいのなら、ひとついい役目をやろう」

上から落とされる、酷薄な声。

大きな手が、悠宇のシャツの襟元を手粗く引っ張る。ビッと音を立ててボタンが飛んだ。エプロンの肩ひもに引っかかって胸元が晒《さら》されることはなかったが、シャツはもう使いものにならないかもしれない。

そのエプロンの下に、大きな手が這《は》わされる。

「有働…さん？　なに……を……」

エプロンを抜き取られ、今度こそシャツの前を乱暴にはだけられる。残っていたボタンも飛んで、ひとつはソファの隙間に、もうひとつはラグのどこかに埋もれた。

暴力を振るわれている事実を認識するのに時間がかかった。「面倒だ」と吐き捨てられて、ビクリと肌が震える。

「全部脱いで、足を開け」

手を離され、ソファに突き放される。有働はソファの傍らに立って、悠宇を見下ろすだけだ。

「いや、エプロンはそのままにしよう。そのほうが高く売れる」

理解しかねる言葉が落とされて、意味を問うように長い睫毛を瞬く。薄いグラスの奥の有働の眼差しが、獰猛《どうもう》さを帯びた。

「売る？」と、声にならない声で問う。悠宇を商品にするという意味か。でもどうやって。

借金のカタに水商売に落として売春をさせるとか、フィクションから得た知識が幾つか浮かんだが、そのどれも女性が対象であって、男の悠宇に可能だとは思えない。

そんな、初心も極まりないことを考えていた悠宇に、最低最悪の提案が投げられる。

「俺のオンナにしてやる。生本番を撮影して、その手の趣味の連中に売ったら、いいシノギになりそうだ」

下世話すぎる言いぐさに、悠宇はカッと頭に血が昇るのを感じた。唇が戦慄く。信じられない面持ちで縋るように見上げる悠宇を、有働は冷ややかに見下ろしている。

有働がこんなことを言うはずがないと信じたい気持ちを、悠宇の裡《うち》で侮辱された羞恥と憤りが駆逐《くちく》する。

「早くしろ」

乱暴に二の腕を掴まれ、引き上げられる。ベッドに引きずられ、ソファに放られたとき以上に乱暴に放られた。就職してすぐに、寝具だけはいい物を買おうと奮発して買ったベッドマットが、軋《きし》んだ音を立てる。

「撮影隊を呼ぶ前に、味見させてもらおうか」

有働の長い指が、ネクタイのノットに指し込まれ、襟元が緩められる。そのしぐさが、閨《ねや》の気配をいやがおうにも突きつけて、悠宇は反射的にベッドの上で逃げを打った。

「……っ！　痛……っ」

後頭部を大きな手につかまれ、押さえ込まれて、枕に突っ伏す。背中に体重をかけられて、抵抗の手段を失った。

有働の手が、容易く悠宇の着衣を剝《は》ぎはじめる。デニムのウエストから大きな手が指し込まれ、細い腰をまさぐられる。

スリムのデニムを膝まで引き下ろされて、腰骨を摑まれた。

——嘘……本気……で……？

双丘《そうきゅう》を割り開くように有働の手が動いて、悠宇はがむしゃらに暴れた。上半身は自由にならないものの、かろうじて足は動く。だがその足首を摑まれ、身体を仰向けられて、細い脚からデニムを抜かれる。

薄い下着一枚にエプロンと、無残にはだけられたシャツが腕に絡まっている状態。

恥ずかしい姿態を有働の視界に晒し、膝を割られる。淫《みだ》らな恰好を強いられて、悠宇は恐慌状態に陥った。

「いや……だ、いや……」

ヒクッと喉が喘《あえ》ぐ。ボロボロと涙が零れ落ちて、有働の表情が判然としなくなる。唐突に、摑まれていた足首を解放された。ベッドに放りだされ、脅え震えるしかない悠宇にかけられる無情な言葉。

「興覚めだな」

悠宇のもの慣れなさを面倒だと嘲り、有働はベッドを降りてしまう。

「撮影隊の連中に可愛がってもらえ」

嫌がる素振りも、そういう映像なら一興だろうと、ひどい言葉を重ねられて、悠宇はぎゅっとシー

ツを摑んだ。

「それも嫌なら、弁《わきま》えろ」

自分の考えがいかに甘かったか、これでわかっただろうと言われたのだと理解した。素人の常識が通じる世界ではないと突き放された気がした。

ぎゅっと目を瞑って、懸命に涙を止めようとするものの、次から次にあふれて止まらない。

衣ずれの音。

腕を少し動かして有働を見上げると、胸ポケットから取り出した分厚い札入れから摑みだした万札を、有働が悠宇の上に放るのが見えた。その拍子に帯封が切れて万札がばらけ、ベッドに散る。つまりは百万円が放られたのだ。

お手当て？　それとも手切れ金？

肌に触れた万札の冷たい感触が、悠宇の心を冷えさせる。

逆光に浮かぶ長身のシルエットを呆然と見上げるしかない悠宇に、「足りないか？」と、さらに嘲る言葉が落とされた。

「あとで小切手を届けさせる。好きな金額を書くといい」

それだけ言って、有働はさきほど緩めたネクタイのノットを整え、部屋を出ていく。

ハッと我に返って、追いかけようとするものの、足が絡まってベッドから落ちた。

「有働さん……！　待……っ！」

呼び止めるも空《むな》しく、玄関ドアの開閉音が響く。

「……っ、なん…で……っ」

――なんでお金なんか……っ。

ベッドに散る万札を拾い集めると、また涙があふれて止まらない。涙を拭いながら一枚一枚数えて、本当に百枚あることを確認した。

よろよろと腰をあげ、キッチンの引き出しの定位置から輪ゴムを取りだす。普段手紙を書かないから封筒などなくて、しかたなくキッチンペーパーにくるみ、上からもう一度輪ゴムをかけた。

「返しに行かなくちゃ……」

涙を拭って、その拍子に洗面所の鏡に映る自分に目を止める。

ひどい顔をしていた。

その顔が滲みはじめて、泣いたってどうにもならないと手の甲で拭う。でも、拭っても拭っても、涙がとまらなくて、途中で諦めた。流れるに任せて、そのまま部屋を片付ける。

ローテーブルの上の夕食の残骸《ざんがい》を始末して、乱されたソファとベッドを整える。シーツの皺を伸ばしたら、ふわり……と微《かす》かなフレグランスが立った。

有働がいつも身につけている香りだ。お茶や食事の邪魔にならないほのかに香る程度に、上品なフレグランスの使い方をしている。

ベッドに放られたときの残り香だ。

男の気配が残るシーツに突っ伏して、今度は声を上げて泣いた。しまいにはシーツを頭からかぶって、膝を抱えた。

怖かったから泣いているのではない。

この程度で幻滅すると、有働に思われたのが悔しいのだ。

結局途中で放り出して、これでわかっただろう？　なんて、勝手な脚本を押し付けて、背を向けたひどい男。

撮影隊はいつ来るのだ？　悠宇には確信がある。一晩中待ったって、そんな連中は来ない。

そして有働も、峻音も、二度と悠宇のもとには現れない。

有働の素性のほかにもうひとつ、あの刑事が教えてくれたことがある。

駅前の再開発に絡む事件のこと。ただの贈収賄《ぞうしゅうわい》事件ではなく、裏に暴力組織の関与が疑われていること。

そのために、詐欺《さぎ》や経済事件を扱う捜査二課との合同捜査になっていて、実にやりにくいのだと、ただの一般市民でしかない悠宇に、そんな愚痴まで零していった。

その事件に、有働がどう絡んでいるのか、刑事は教えてくれなかった。刑事が悠宇に暴露話をしたのは、ほんの短い時間だった。その十数分で、大きく世界が揺らいだのは事実だ。

ひとしきり泣いて、ようやくかぶっていたシーツから顔を出す。

洗面所の鏡に顔を映して、あまりのひどさに笑えた。明日の朝には瞼が腫《は》れて、とても接客業などできる状態ではなくなっているだろう。これでは店に出られない。

この時間ならまだ、駅前のドラッグストアは開いているはずだ。目薬を買ってこよう。自転車で行けばすぐだ。ついでに、ビールか何か、買ってこよう。最近のドラッグストアは、医薬品も売っているスーパーマーケットだ。アルコールも置いている。

思い立ったら、ようやく少し気力が湧いてきた。

顔を洗って、ぐしゃぐしゃになったデニムを洗濯機に放り込み、破かれたシャツはゴミ箱へ放りかけて、思いとどまり、簡単に畳んでソファの隅に置いた。あとで飛んだボタンを探すことにする。

着替えて、スマホと自宅のキーのほかに自転車や店の個人ロッカーの鍵をぶら下げているキーケースだけを手に家を出る。

いまどき、現金を持たなくても買い物はできる。店でも自販機でも、スマホをかざすだけでいい。

自転車置き場は非常階段の降り口に近い場所にあって、昼間でもひと気は少ない。通勤時間もまちまちの昨今、朝夕に利用者と出くわすことも稀《まれ》で、夜遅い時間ともなれば、ほとんどの駐輪場が埋まっている。住人専用だから、この時間、大半の住人が帰宅しているということだ。

静かな住宅街は、車のエンジン音ひとつも耳につく。

ときどき深夜に犬の散歩をする人がいるが、場合によってはアスファルトを蹴る犬の爪音すら響くこともあるくらいだ。

だから、人の気配があればすぐにわかる。

そもそも、このあたりは治安が良く、空き巣被害などもあまり聞かない。そういう環境もあって、油断していた。――いや、まったく警戒していなかった。

ふいに耳につく車のエンジン音。通りを走ってきたのではなく、たった今エンジンをかけたかのように、唐突に思えた。

だが、それだけだ。生活道路を行き交う車は多い。別段珍しいことではない。

だから、通りに停まった車から若者が数人降り立っても、騒がしくしたりするようなことがなければいいが……と、思ったにすぎなかった。

その若者たちが、まっすぐにこちらに歩いてきても、マンションの住人の友だちだろうかと思ったにすぎなかった。

近づくにつれ、普通の若者に思われた三人連れが、あまりガラのよろしくないいまどきの若者だと気づいても、足早に行き過ぎる以外に術はない。

その悠宇の行く手を塞《ふさ》ぐように立ちはだかる影。え？　と思ったときには囲まれていた。

路肩に停められたワンボックスカーの後部ドアが開く。それに気を取られた瞬間、衝撃が悠宇を襲った。後頭部を殴られたのだと、瞬時に理解する経験値はない。

ふっと意識が遠のく。

弁えろ、と言った有働の言葉が、脳裏を過る。この状況こそ、まさしく有働が忠告していた事態なのだと、薄れゆく意識下で理解した。

よく晴れた日の朝、まだ早い時間だった。店を開けて、さほどの時間も経っていないころにやってきた客は、誂えのスリーピーススーツとフレームレスの眼鏡がよく似合う、ビジネスマンにしておくのが惜しいほどの美丈夫だった。

『花を……贈り物の花をお願いしたいのですが』

抱えられるくらいのものを、とアバウトなリクエストをする客に、悠宇は『どんなイメージでお作りしましょうか？』と問い返した。

『イメージ、ですか……』

『贈られるお相手の方のイメージですとか、お花を贈る目的ですとか』

お祝いなのか、プロポーズなのか、あるいは追悼《ついとう》の花なのか。用途や贈る相手によって、アレンジのイメージを固めるのが悠宇のやり方だった。予算だけ伝えてあとは任せるという客もときにいるが、そうでない限りは、できるだけ客の希望に合う花をつくりたい。

『そうですね……淡い色味で、可憐な感じの……』

男性客は、店の外に視線をやって、青い空を見やりながら言った。

きっと可愛らしい女性への贈り物だと思った。このときは。

だから、心を込めて、アレンジメントフラワーを作った。花を贈ろうとする男性客の気持ちが相手に伝わるといいと願いながら。

『こんな感じでいかがでしょう？』

ラッピングを施すまえに確認をとると、男性客はわずかに目を瞠ったあと、愛し気に目を細め、

『いいですね』と頷いた。だから、とても大切な人に贈るのだと確信した。

同時に、この花を贈られる女性を羨ましいとも思った。

この人に、こんな顔をさせるなんて……。

『またお待ちしております』

支払いを済ませて店を出る客を見送りながら、また来てくれるだろうかと願った。だが、男性客は、それっきり姿を現さなかった。

たまたまここらへ立ち寄って、花屋の看板が目について、寄ってくれただけだったのかもしれない。そういう一見《いちげん》の客は多い。

あの花を、男性は誰に贈ったのだろう。奥さん？　恋人？　それとも婚約者？

幾度も思い出しながら、そんなことを考えていた。一見の客の顔なんて、普段はすぐに忘れてしまうのに、あの男性客のことはどうしてか忘れられなかった。同性が見惚れるほどの美丈夫など、お目にかかることはないからだと、考えていた。

一カ月が過ぎて、あの男性客が来店したときには、本当に驚いた。

『いらっしゃいませ！　今日はどのようなお花にいたしましょう？』

そう声をかけると、覚えられていたのが意外だったのか、男性客は少し驚いた顔をして、それから『先月と同じ……、いや、近いイメージで、でも違うものを……』と、考え考え答える。難しいリクエストに聞こえたが、悠宇は男性客の言いたいことをすぐに理解した。

同じ相手への贈り物。だから、イメージは同じでも、違うものがいい。そういうことだろう。

『奥様へ贈り物ですか？』と尋ねると、『いや……』と言葉を濁す。プライベートを語りたくないのだと理解して、それ以上は訊かなかった。

客もいろいろだ。あれこれ店員に話を聞いてほしい人もいれば、訊かれるのを嫌う人もいる。悠宇が客と話をするのは、アレンジメントのイメージを膨らませるためだが、話したくないものを無理に訊くことはしない。

季節の花をつかって、先月のアレンジとは印象の違うものを作成した。だが、贈る相手のイメージや好みは、先月つくったものと共通の要素を持たせる。

『いかがでしょう？』と尋ねると、男性客は多くを語らず、『素敵《すてき》です』と頷いた。花が傷つかないように袋に入れて渡すことが多いが、男性客は大きな花束を抱えて店を出ていく。まるで映画のワンシーンのように絵になった。

悠宇が、男性が買い求めていく花が、故人に手向けるためのものだと気づいたのは、翌月——男性客が三度目に店に現れたときだった。

最初に来たときも、先月も、同じ日付だったと気づいたのだ。

亡き妻へ？　亡き恋人へ？　気づいてしまったら、もはや気安く尋ねることはできなくなった。悠宇にできたのは、故人の月命日に花を贈る男性客の心が少しでも癒されればいいと、願いながらアレンジメントを作ることくらい。

毎月同じ日に花を買いに来る客を、悠宇が待ちわびるようになるのに、それほどの時間は要さなかった。

男性客が帰ったあとには、また来月会えるだろうかと考えるようになった。

名前も知らない客の来訪を待ちわびる、その感情に名前を付けることはしなかった。名前が存在すると、気づくことすらできていなかったのだ。

——バカだなぁ……。

過去の出来事をダイジェストで夢に見ているのだな、と状況を分析しつつ、悠宇は思う。自分はなんてバカだったのだろう。

簡単な言葉で言いあらわせる感情だったのに。

最初の時から自分は、同じ感情に支配されて、有働の来店を待ちわびていたのに。

それまで経験のない感情だったから、気づけなかった。年上の同性に対して、そんな感情を抱くことがあるなんて、考えもしなかったから。

店員と客という、他人と言いかえられる程度のものでしかない繋がりすら失ってから気づくなんて。

あまりにも鈍すぎる。

――もっと怒らせて、抱いてもらえばよかった。

たとえ暴力でしかない行為だったとしても、二度と会えないのなら、せめて何か思い出がほしかった、なんて女々《めめ》しいことを思ってしまう。

もっとわがままを言って困らせたら、最後までしてくれたかもしれなかったのに。

あるいは、本当に撮影隊を呼ばれて、悠宇の人生はそこで終わっていただろうか。いまどきネットにでも流されたら、一生消せない汚点となる。世界中のどこで誰に見られるかしれない。そうなったらもう、きっとまともな生活は送れなくなるだろう。

そういう意味の脅しでもあったのだろう。

有働以外の誰かと……と考えるだけで虫唾《むしず》がはしる。絶対に嫌だ。自身の本当の性嗜好《しこう》に、この歳になるまで気づかなかったわけではない。ただ有働が特別なだけだ。

――会いたい。

有働に会って、百万円を返して、この気持ちを伝えたい。

拒否されるだろうけれど、どうせ失恋するのなら、伝えて終わりにしたい。

仕事を上がったら、お金を返しに行こう。裏社会の有名人だというのなら、いまどきネットで調べたら、きっと何かしらの情報が得られるはずだ。わからなかったら、あの刑事を訪ねればいい。

仕事に行かなくては。

そう思って、自分はいつベッドに入ったのだろうかと、昨夜の行動を呼び起す。ドラッグストアへ目薬とビールを買いに出かけようとして……。

——……っ!?

急速に意識が浮上した。

違う。

自分はいま、自宅のベッドで寝ているわけではない。

もっと硬くて冷たい場所に寝ている。

チンピラに囲まれて、逃げるまえに意識を失った。殴られたに違いない。

でもどうして自分が？

自分など、誘拐しても意味はない。

両親はもうないから、身代金《みのしろきん》を払ってくれる家族はいない。両親が健在だったとしても、誘拐する意味があるほど、そもそも金持ちでもない。

ではほかの目的で？

意識が浮上するにつれ、思考がクリアに働きはじめる。鼓膜が周囲の音を拾い、肌が床の硬さと冷たさに悲鳴をあげていることにも気づく。五感が、人生でこれまでに経験したことのない危機的状況にあることを告げていた。

周囲をうかがいつつ、そっと目を開ける。

少し離れたところで、下品な笑い声が上がっている。

最初に目に入ってきたのは、薄汚れたコンクリートの床で、自分はそこに直接転がされているのだと気づいた。痛いし冷たいはずだ。

視線を少し上げて、廃倉庫か廃工場あたりとアテをつける。

少し離れたところにテーブルと椅子が乱雑に置かれていて、そこに自分を拉致《らち》したと思しきチンピラたちがいた。銘々《めいめい》、何かを飲んだり食べたりしている。

「お、気が付いたか」

ひとりが、悠宇が目覚めたことに気づいて、声を上げた。耳障《みみざわ》りな声だ。

「もう少しいい子にしててくれよ」

「寝てる間に社長サンに動画送っといたからよ」

「金が手に入ったら、あんたバラして海外にとんずらだ」

ガハハッ！　と複数の笑い声が上がる。

——動画……？

身代金の要求のために、撮影して送ったというのか？

視線を巡らせて、チンピラたちの言葉の意味を理解する。肌が冷え切って痛いのには、コンクリートの床に転がされているのに加えてもうひとつ理由があった。

半裸に剝かれていたのだ。

下着一枚の姿でコンクリートの床に転がされ、その上に脱がされた衣類が無造作に放り投げられている。いかにも乱暴な目にあったかのように見える。

ゾクリ……と、背筋を冷たいものが伝った。

拉致されて、脱がされた以上のことは、何もないはずだ。でも、そう思っても、恐怖に身が竦む。有働のほうがよほど乱暴だったのに、これほどの恐怖を覚えることはなかった。でも今は、怖い。

本心から、怖いと思う。

肌が震える。心臓も煩《うるさ》い。

「なぁ、どうせバラすなら、こいつヤっちまってもいいんじゃねぇの？」

「え？　おまえ、そういう趣味？」

「まっさか！　俺は男なんかごめんだ」

「了見《りょうけん》がせめぇなぁ。慣れりゃ、男のほうが具合がいいんだぜ」

「こいつ、あの社長のコレなんだろ？　だったらいい具合に開発されてんじゃね？」

「知り合いに無修正ビデオ売ってるやつがいるんだ。そのルートでひと稼ぎするってのはどうだ？」

「いいんじゃね？　よし、そうしようぜ！」

チンピラたちは、下卑《げび》た耳障りな声で、勝手な予定を立てる。言っていることは変わらないのに、有働とは雲泥の差だった。

「なかなか可愛い顔してるしよ」

「素人くさいのがいいじゃねぇの？」

「アイドル好きに売れそうだ」

おい！　カメラあっただろ！　と、ひとりが誰かに声をかけている。

彼らはいったい何者で、どういう目的で、どうして自分を拉致したのか、皆目見当がつかないものの、有働から金を引き出そうとしていることは理解した。チンピラたちの言う社長というのは、有働のことだ。

このまま好きにされるわけにはいかない。自由にならない身体をどうにか起こそうとするものの、両手両足を縛られていて、身動きが取れない。芋虫のようにコンクリートの床をはいずるだけだ。

チンピラのひとりが、こちらへやってくる。手に、ビデオカメラを持っていた。

「おい、拘束解けよ。いい絵が撮れねぇじゃねぇか」

「いいのか？」

「まだクスリ効いてるだろ。逃げられねぇよ」

別のチンピラが、後ろポケットからバタフライナイフを取り出す。

「……っ」

唇を戦慄かせる悠宇の傍らに膝をついて、手首と足首を拘束していた結束バンドを切った。

今逃げないでどうするのかと、身体を起こそうとして、床に倒れ込む。実際は、ろくに上体を起こすこともできていなかったろう。

「薬……って……」

いったいどんな薬を飲まされたのか？　あるいは注射や吸引か？　ドラマや映画で聞く、クロロフォルムというやつだろうか。

「大丈夫だ。ただの筋弛緩剤《きんしかんざい》だからな。拉致った女をまわすときに使うやつ」

最低なことを自慢げに言うチンピラの目は、これまで見たことがないほどに濁っていた。薬物を常用しているのかもしれない。

「さて、これも脱いで、足開こうか」

舌なめずりしながら、カメラのレンズを向ける。赤いランプが灯って、恐怖にゆがむ悠宇の表情すら、愉快だと撮影しているのだとわかった。狂気じみている。

「誰か、脱がせろ」

カメラを構える男の指示に、ひとりが立ち上がってやってくる。動かない身体をどうにか起こそうとしたときだった。

パンッ！　と何かが爆《は》ぜるような音がして、直後周囲が暗闇に包まれる。

――……!?

高い天井から降り注いでいた電灯が、一度に消えたのだと理解したのは、チンピラのひとりが「ブレーカーか!?」と叫んだためだ。廃屋に窓がないか、あるいはシャッターが閉まっているために、光が射さないのだ。

だが、チンピラたちが騒ぐ声は、それっきり聞こえてこない。

代わりに、呻き声と、ドサッと重い何かがコンクリートの床に倒れる音が数回つづく。

唐突に間近に人の気配を感じて、驚いて逃げようとするものの硬い床の上でもがくしかできない身体を、あたたかなものが包み込んだ。

――……え？

ふわりとやわらかい毛布の感触だった。そして、覚えのあるフレグランスが鼻孔を擽る。

――……っ！

暗闇の中でも、安堵に身体の力が抜けるのがわかった。

力強い腕が、悠宇の痩身を抱き上げる。

直後、唐突に消えた明かりが、また唐突に灯《とも》った。

視界に一瞬映ったのは、床に倒れ込んで呻《うめ》くチンピラたちと、その周囲を囲む、黒服の男たち。そのなかに鬼島の顔を見て、悠宇は大体の状況を理解した。黒服の男たちは、有働の部下だろう。チンピラ風情が有働を脅そうなどと、そもそも身の程知らずだったのだ。

「おいおい、殺してねぇだろうなぁ」

聞き覚えのある声が、近づいてくる。あの刑事の声だ。そこで悠宇の視界はふさがれた。顔が見えないように、毛布に頭までくるまれてしまったのだ。

「気を失っているだけです」

返す声は鬼島のものだった。悠宇が知るものより、もっと硬質に聞こえる。

「兄ちゃんは無事か」

「薬物を嗅《か》がされて朦朧《もうろう》とした状態を無事というのでしたら」

刑事の問いかけに返す有働の声が、やけに尖って聞こえた。

「きっちり見張っとけって言ったろうが。ポカしやがった部下を殴っとけ」

刑事が茶化すように言う。それに有働は答えない。

「にしても、こんなチャチな野郎どもを使いやがって。半グレのくせに、ヤクザもんのパシリなんぞするからこういう目に遭うんだ」

刑事はどうやら、ひとりのようだ。

「我々はこれで失礼させていただきます。あとはご自由に」

悠宇を抱いて、有働が大股に歩きだす。声が追いかけてきた。

「マジか。これ全部、俺に辻褄《つじつま》あわせろってか？」

「こいつらを締め上げれば、薬物売買のルートを摘発できるでしょう」

刑事の声に有働が返すたび、抱き上げられた胸から振動が伝わって、それが心地好かった。悠宇には話の内容を理解できなかったけれど、だからこそ、まるで心地好い音楽を聴いている気持ちになる。

「うちは薬対じゃねぇよ」

「捜査本部は明日にも解散になります」

「あれは二課の手柄じゃねぇか」

「裏で甘い汁を吸っていた連中まで芋づる式に吊り上げられる手はずになっています」

それで充分でしょう？　と言う声に、刑事は「無茶しやがって」と、今度は有働を気遣うそぶりを見せた。

「ヤバい橋渡ったんじゃねぇのか。他所《よそ》の組のシノギに口挟むなんてご法度だろう」

「オヤジも了承済みです」

あいつらのやり口は目に余る、と苦い声が言う。

「おまえんとこの会長は、昔気質《かたぎ》の義理と人情に篤《あつ》いおひとだからな」

だからおまえのことも気に入ってるんだろうが、と言葉を足す。

「オヤジはともかく、自分はそういう人間ではありませんよ」

「クールを気取るのもいいが、その坊やにちゃんと説明してやるこったな。巻き込んじまったんなら、それが誠意ってもんだ」

刑事の忠告に、有働は言葉を返さなかった。

かわりに、遠くからサイレンが聞こえはじめる。

「おっせぇな、機捜の連中は何してやがった」

時間かかりすぎだと毒づく。

「我々はこれで」

「指紋はねぇだろうが、ゲソ痕《こん》もタイヤ痕も消してけよ。いまの科学捜査は怖ぇからよ」

「ご忠告感謝します」

「もう少し可愛げのある言いかたしろ」

昔はもっと可愛げがあったのに……と嘆く刑事に、「繰《く》り言が増えるのは歳を取った証拠ですよ」と返して、有働は足を速めた。

「機嫌わりぃなぁ、ったく」と毒づくのを最後に、刑事の声が遠ざかる。たしかに周囲に人の気配はあるのに、ひどく静かだった。

有働の腕に抱かれたまま、車に乗せられた。毛布が息苦しくて、顔を出そうとしたら、ズレたと思ったのか、より深くかぶせられてしまう。

薬物のせいなのか、車の揺れとあいまって、抗いがたい睡魔に襲われる。

包み込む有働の腕のたしかさに安堵して、悠宇は深い眠りに落ちた。毛布からこぼれた髪を、長い指がやさしく梳《す》いてくれたことだけは、たしかだった。

そのあと、旋毛に温かなものが触れた気もしたのだけれど、夢だったかもしれない。確信はなかった。だって、有働が悠宇の旋毛に口づけてくれるなんて、きっとありえない。

5

目覚めると、そこは見知らぬ部屋だった。

けれど、調度品などからホテルの一室であることは察しがつく。

視界がうすぼんやりとしているのは、フットライトだけが灯された状態だからだ。隣室につづくドアの隙間からは、明るい光が漏れている。

ベッドサイドのチェストの上には、水の満たされたデキャンタとグラス、濡れタオル、パッケージから市販薬ではないとわかるなにがしかの薬――錠剤だ。

視線を巡らせると、いまはカーテンの引かれた窓のところに置かれた丸テーブルの上に、水滴をたたえたロックグラスが置かれている。傍らには、ウイスキーのものと思しき瓶。アルコールに詳しくない悠宇には、銘柄まではわからない。

かすかにタバコの匂いがする。隣室から漂ってくるもののようだ。有働はタバコを吸っただろうか。それとも誰か別の人物がいるのだろうか。

身体を起こそうとすると、筋肉のこわばりに邪魔される。動きを制限されるような怪我は負っていないはずだ。なのに身体が重いのは、長時間眠っていたためだろうか。

重い頭を抱えて、どうにか上体を起こす。枕を抱えるような恰好で呼吸を整えていたら、ベッドルームのドアが開いて、隣室の光が白いシーツを照らした。逆光のなかに長身の影が立つ。

「有…働さ……」

スーツのジャケットを脱いだだけの恰好で、襟元《えりもと》を緩めてもいない。ベスト姿の有働の手には、ミネラルウォーターのペットボトルが握られていた。

身体を起こそうとすると、それを制すように片手をあげ、ベッド脇に立つ。ベッドサイドに腰を下ろして、ペットボトルをチェストに置き、悠宇の額に手を伸ばした。

ひやりとした手が気持ちいい。

「すみません。ご迷惑かけて」

かすれた声で詫びると、有働の眉間に皺が寄る。どうして悠宇が詫びるのか、と口にせずとも言いたいことは伝わった。

「こうやって有働さんの手を煩わせることになりかねないから、突き放されたんですよね。なのに僕……」

助けられたとき、夢現《ゆめうつつ》に聞いた刑事とのやり取りが悠宇の記憶のとおりなら、詳細はわからなくても、おおまかな状況は想像がつく。

チンピラたちは、悠宇を拉致して、有働から金を引き出そうとしていた。悠宇にその価値があるとどうして判断したのか不明だが、峻音が懐いているのを見て、使えると思われたのかもしれない。

実際は、悠宇にそんな価値などないのに。

とうに見限られていたのに。

なのに有働は、助けに来てくれた。刑事が話していたのは、有働が属する組織内での諸問題だろう。悠宇には欠片も意味を理解することはできないけれど、でも刑事の口ぶりから、有働がかなりの無茶をしたらしいことはわかる。刑事も、心配していた。刑事がヤクザを心配するのも、悠宇にはよくわからない状況だけれど、決して悪い関係には聞こえなかった。

「峻音くんは？」

ひとりにして大丈夫なのかと尋ねる。もう関係ないだろうと突き放されることも覚悟したが、有働からは「武市の細君がみている」と返された。

「これでもう、幼稚園に行けますか？」

峻音は引きこもっている必要がなくなるのか？　と尋ねる。有働は「しばらくは様子見だが」と返してくれた。近いうちに元どおりの生活に戻れるはずだと聞いて、ホッと安堵する。

小さな子にも、社会がある。幼稚園のお友だちとすごす時間は、峻音の社会性を育てるうえでも大切な時間のはずだ。

「よかった……」

安堵の呟きに、有働が目を眇める。

「お人好しも度が過ぎると、つける薬がないな」

呆れた声で吐き捨てられる。

腰を上げた有働が、窓際のテーブルに置いたウイスキーのボトルを取り上げた。ロックグラスになみなみと注いで一気に呷《あお》る。とてもウイスキーの呑み方ではない。悠宇がやったら意識を失うどころか、救急車のお世話になりかねない。

「巻き込まれたのは峻音ではない。きみだ」

受ける必要のない理不尽な暴力を受けたのは悠宇で、降りかかる火の粉を起こしたのは自分だと有働が言う。

「捜査二課って、詐欺とか贈収賄事件を担当するところですよね？　あの刑事さんは組対四課の人で……」

ほかに薬対という単語も聞いた。組織犯罪対策部を検索したときに目にした記憶がある。薬物対策課の略称だ。

意識がないと思っていたのだろう、有働がスッと目を細める。

「……」

断片的な情報をつなぎ合わせて、悠宇は情報を整理する。そして、ひとつの可能性に行きついた。

いや、可能性ではない。もはや確信だ。

重い身体を支えて、ベッドの上にむっくりと起き上がる。ぺたりと座り込んだ恰好で、チェストに手を伸ばし、有働が置いた未開封のミネラルウォーターのペットボトルのキャップを捻《ひね》る。一気に半分ほど呷ると、ようやくひと心地着いた。

水分とともに酸素も巡りはじめたのか、思考が目まぐるしく働きはじめる。

かぶされていたブランケットが肩から落ちて、自分が裸だと気づいた。埃《ほこり》っぽいコンクリートの床に転がされていたのに、どこも汚れていない。

ベッドサイドに置かれた濡れタオルを見て、全部有働がやってくれたのだと理解する。

全部見られたことにも気づいて、急に羞恥が襲った。肩からずり落ちかけたブランケットを慌てて引き上げる。

「無茶した、って刑事さんが心配してましたね」

悠宇の指摘に、余計なことを覚えているものだと言いたげに、有働が嘆息する。

「あの人は昔からお節介なんだ」

「昔？」と問い返すと、一言多かったと思ったのか、有働は口を閉ざした。

「どうして、無茶したんですか？」

そう訊かれるとは思わなかったのだろう、有働がゆっくりと視線を寄こす。

「有働さん、理由もなく危険な橋を渡る人じゃないですよね。もっとスマートに、涼しい顔で計略を張り巡らせる人です」

「褒められているようには聞こえないな」

面白いことを言う、と口角を上げて皮肉に嗤う。

「峻音君のためでもありますよね？　隙を見せて、警察のお世話になるわけにいかないでしょう？」

そんな有働が、刑事曰く無茶をしたというのだ。

理由もなく、そんなことをするわけがない。

「駅向こうの商店街、逮捕者がでるかもしれないって噂話、店長が聞きかじってきたんです」

再開発にかかわる逮捕者と聞いて、まっさきに思い浮かぶのが袖の下——贈収賄事件だ。刑事が言っていた、捜査二課の管轄《かんかつ》。

有働と水面下で懇意《こんい》にしているあの刑事は暴力事件を追う組対四課の所属、悠宇を拉致したチンピラ連中の背後には、薬対——薬物対策課が追っている密売組織の存在があって、それを逮捕できるように手をまわすと、有働の話はそういうことだったはずだ。

有働と刑事の会話に、悠宇が商店街の人や店長から聞きかじった、駅向こうの再開発に絡む不穏な噂話がリンクするように感じるのは、想像の羽根を広げすぎだろうか。

いや、悠宇にわかるのは、事態のほんの一部に過ぎない。海面にわずかに顔をのぞかせている氷山の一角同様に、水面下に隠されたものがあるのだとしたら、ありえない話ではない。

悠宇が峻音とピアノを弾いていたとき、楽器店にガラの悪い連中がやってきたことがあった。あのとき、有働もその場にいた。

「駅向こうの再開発に絡んで、何をしたんですか？」

遠慮のない指摘に、有働はスッと目を細め、威嚇するかのように悠宇を見据える。それに怯むことなく見返すと、ややして有働は「想定外だ」と愉快そうに吐き捨てた。

「君がこれほど頭がまわるとはな」

おっとりとした世間知らずだと思っていたのにと言われて、悠宇は「ひどい」と頬を膨らませる。

「自惚れるなって、言われると思うので、先に言っておきます」

そう前置きして、思いついたストーリーを口にする。

「僕のために、あの商店街に火の粉が降りかからないように、駅向こうの再開発に絡んだゴタゴタ、どうにかしてくれたんですよね？」

知りえる断片的な情報をつないで、整理した結果、悠宇が導き出した結論だった。

「ほんとうに図々しいな」

有働が笑う。

「峻音くんのためなら、僕のところにくるのをやめればすむことですから」

悠宇は、怯まず返した。

「なにをどうしたのかなんて、僕にはわかりません。でも、店長やお隣の楽器店のオジサンが心配していたいろんなことが、明日にも解決してるんだろうな、ってことはわかります」

そしてきっと、ガラの悪いチンピラが商店街を闊歩《かっぽ》するようなことはもうない。

峻音を家に閉じ込めておかなければならないくらいの危険を伴うことだった。そしてそれは、ＵＤ

Oホールディングス CEOとしての有働が行ったことではなく……。

「ヤクザって、義理とか仁義とか面目とか、いろいろ難しいって聞きました」

そういった斯界のルールを無視して無茶をして、有働にメリットはあったのか。有働の立場を危うくしたのではないのか。

「駅向こうの商店街を食い物にしていた組の奴らはもちろん、うちの兄貴衆からもヒットマンが送り込まれてきた」

「……え？」

嘘でしょう？　と悠宇が青くなるのを見て、有働は「冗談だ」と嗤った。

「……っ」

それこそ嘘だと、悠宇は唇を噛む。だからこそ、峻音を幼稚園にも通わせなかったのだ。

「それだけ頭がまわるのならわかっただろう。二度と――」

「お金！」

有働の言葉を、意図的に遮った。つづく言葉など、想像に容易かったから。二度と近づくな？　それこそ冗談じゃない。

「百万円、返します！」

「その必要は――」

「いただく理由がありませんから！」

強情な奴だと言いたげに、有働が肩を竦める。そんな仕草も絵になって、悠宇はドキリとした。

暗闇のなか、悠宇を助けにきてくれたとき、有働がチンピラ連中に直接手を下すことはなかった。拳をふるったのはたぶん鬼島とその部下たちだ。

それでも、あの場の支配者は有働だった。有働の計算のままに、事態は動いていた。警察が駆け付けるタイミングまで、有働は計っていたに違いない。

あの刑事を通じて、公権力まで利用して、自分が書いた脚本通りに事態を動かした。ヤクザとしての有働にどんな益をもたらしたのか、表向きのビジネスにどれほどの収益をもたらすのか、悠宇には計り知れない計算が有働の頭のなかでは行われていたのだ。

「峻音くんのレッスン、僕が見ますから」

何を言い出したのかと、有働が眉を顰《ひそ》める。

峻音はもう悠宇のもとに通わないし、二度と会うこともないと言ったはずだ、と不愉快そうな声音で言う。でもそんなものに、悠宇は怯まない。

「音大を出てない僕に教えられることなんて限られてるけど、でもきっと僕にしか伝えてあげられないものがあります」

「峻音は――」

「毎月十八日、待ってますから」

峻音の母親の月命日に、これからも来てくれるだろう？　と念押しする。

「お花、買ってくれますよね」

自分にアレンジを作らせてくれるだろう？　と確認をして、「代理はダメです」と言葉を足した。

「小切手に好きな金額を書けばいいと――」

「安く見積もらないでください！」

またも有働の言葉を制して、悠宇は言った。

「お金なんていらない」

「ご両親との想い出の残る家を買い戻したいんじゃなかったのか」

「何十年かかっても自分でかんばります」

「誰かに買われて、取り壊されるのを懸念していたんじゃないのか」

「そのときは、そういう運命だったんだと諦めます。両親も、きっとわかってくれます」

ああ言えばこう言うで言葉を返して、有働を呆れさせる。

「今夜はここに泊まってゆっくり休むといい。店長には連絡しておく」

悠宇を説得するのを諦めたのか、それだけ言って部屋を出ていこうとする。慌ててベッドを降りた。

頭からブランケットをかぶった恰好で、有働の前に立ちはだかる。

「興覚めさせるようなこと、言いません。……言わないように、します。そうしたら……」

意を決して、素肌を隠していたブランケットを足元に落とした。

「愛人の末席に、加えてもらえますか？」

恥ずかしくて、徐々に声が小さくなる。それでも、有働の耳には届いたはずだ。

有働の切れ長の目が、驚きに見開かれた。

頭痛を堪《こら》えるかのように、指先で額を押さえて、ため息をつく。

「いいかげんに――」

聞き分けろと威嚇されても聞けない。

「悪い人のふりは無理ですから！　何言われたって、されたって、僕は有働さんのこと嫌いになれないし、ちっとも怖くなんかないし、ヤクザでも大きな会社の社長さんでも、そんなのどっちでも――」

皆まで言う前に、大きな手に口をふさがれた。

「いいわけがないだろう」

低い声が、そろそろ我慢の限界だと憤りをみせる。

怒鳴るでもなく静かな口調が、より有働の怒りを知らしめた。肌がびりびりと震えるような威圧感に唇が戦慄く。

大きな手を両手で剝がして、悠宇は懸命に言葉を紡いだ。

「あんなやつらにさわられて、ビデオ撮られるくらいなら、有働さんに抱いてもらえばよかった、って思った…ん、です……っ」

最後のほうは、呼吸が荒くなって、声が掠れた。

廃工場でチンピラに囲まれたときのことを思い出すと、今も肌が震える。でも、あの恐怖が、悠宇に自身の裡《うち》の真実を教えてくれた。

「有働さんがヤクザでも社長さんでも、どっちでもいい！　僕は……っ」

ただ有働と会えるのが嬉しかった。月に一度の花束も、峻音のレッスンも、有働に信用してもらえたようで嬉しかった。

「僕なんか、貧弱で、胸もないし、面白くないだろうけど……ヤクザのひとは、愛人いっぱい囲ってってすごい精力的だっていうし、たまに気が向いたときにきてくれるだけでも、それでもダメですか？　だったらお花だけでも……っ」

月に一度、店に来てくれるだけでもいい。だから、峻音にピアノを教えるのを許してほしいし、もし時間があったらレッスンに同席してほしい。毎度じゃなくてもいい。愛人のお手当なんていらない。峻音の母親の墓前に供える花を、悠宇に作らせてくれるのなら。峻音と過ごす時間をとりあげないでくれるなら。

「それだけで、いいから……っ」

男の自分に食指が伸びないなら、フローリストとして、ピアノ講師として、傍にいることを許してほしい。

「恐怖に顔を引きつらせて泣いていたやつが何を言う」

「怖くて泣いたんじゃない！　見くびられて悔しかったから……！」

あの程度で有働に幻滅できたら、どんなに楽かしれない。でも悠宇は、ひどくされたことより、途中で放り出されたことのほうがつらかった。

悠宇を怖がらせ、二度と自分に近づかないようにしたい有働と、有働の魂胆をわかったうえで、絶対に受け入れないと主張する悠宇。どちらに分があるかなんて、火を見るより明らかだった。

二の腕を摑まれた。

「……っ⁉」

強く引かれて、ベッドに放り投げられる。最高の寝心地を誇るベッドマットが受け止めてくれたものの、受け身など取るすべもないまま、悠宇の痩身が跳ねた。

手首を摑まれ、頭上にひとくくりしてシーツに縫いつけられる。

視界が陰って、ハッと顔を上げたら、すぐ間近に薄暗い光を反射する薄いグラスがあった。有働がいつもかけている眼鏡だ。それを間近に見て、気づく。

――伊達《だて》……？

悠宇を間近に見据えたまま、有働は利き手の指を自身のネクタイのノットに指し込み、荒っぽく緩める。そのあとで、インテリな風貌を際立たせる眼鏡を外し、放った。

乱暴な扱いに驚いて視線で追おうとして、他に気をとられている余裕があるのかと、大きな手に頰を包み込まれ、視線を引き戻される。

「……っ」

視界一杯に、有働の端整な面《おもて》があった。

目いっぱい見開いた悠宇の瞳に自分が映されているのを確認するように、有働がいつもは整えている髪を乱す。長い指を滑り落ちる黒髪の艶やかさに目を奪われて、前髪をひと混ぜしたあとに現れた、まるで別人のような男の素顔に息を呑む。

「愛人と言ったな」

低い声が、悠宇の先の言葉を拾い上げる。

「ヤクザ者のオンナになるというのがどういうことか、教えてやろう」

泣いても喚《わめ》いても、悪いのは深く考えずにものを言った自分だと思え。後悔しろ。そう言われて、悠宇の負けん気が刺激された。

「ちゃんと考えてるし、後悔もしない！　僕は――」

有働が好きなのだと、ようやく気付けた感情はしかし、口にする前に有働によって喉の奥へと押しやられてしまった。

「……っ!?　う……んんっ！」

咬《か》みつかれたのだと思った。けれど違った。咬み合うように深く口づけられているのだと気づいて、悠宇の心臓がドクリと跳ねた。

かろうじての経験値などゼロに等しいと教えられるような、濃密な口づけ。初心な痩身から力が抜けるのに、さして時間はかからなかった。

室内の照明によって、本来は都会の夜景が見渡せるはずの壁一面のガラス窓が、いまは鏡の役目をはたしている。

そこに映し出される己の醜態に、悠宇は喉を喘がせる。顔を背けたいのにできないのは、背中から悠宇の痩身を抱え込む有働によって、頤を固定されているためだ。

両手首には、さきほどまで有働の首元を飾っていたネクタイが拘束具がわりに結ばれていて、動きを制限されている。悠宇を押し倒したあと、有働が自身のネクタイを抜き取って縛ったのだ。とはいえ緊縛プレイの趣味はないようで、痛むほどに締め上げられているわけではない。

いやらしい粘着質な音が、鼓膜をいたぶる。

あらぬ場所に感じる刺激に、悠宇はただ声にならない声を上げ、身悶《みもだ》えるしかできない。

受け入れることを知らない悠宇の後孔《こうこう》を、先ほどから有働の長い指が嬲《なぶ》っている。はじめ赤子のような体勢で淫らに太腿を開かれ、受け入れる場所に舌を這わされ、舐《ねぶ》られた。そうして悠宇の後孔をほぐしたあと、有働はあろうことかベッドルームの光量を上げ、悠宇の痩身を胸に抱える恰好で、両足を窓に向かって大きく開かせたのだ。

自分ですら直視したことのない場所を見ることを強要され、「この身体がオンナにされるところをちゃんと見ておけ」と耳朶に低く囁かれる。耳殻《じかく》を舐る舌の熱さに腰が抜け、抗う術もなく、有働の

指に犯された。

「や……ぁっ、いや……っ」

感じる場所をあっさり暴かれて、悠宇自身が頭を擡《もた》げる。先端からしとどに蜜を零すそこには触れてもらえず、後孔で感じるように拓《ひら》かれる。

快楽に犯されて、無意識にも震える欲望に手を伸ばそうとしたら、許されず、かわりに自身の後孔に指を這わされた。

「自分でいじってみせろ」と、背後から囁く男は、ガラス窓越しに、悠宇の乱れる表情を観察している。

一糸まとわぬ姿の悠宇に対して、有働は襟元を緩めただけ。

有働に導かれるまま、自身の後孔に指を埋める。そこは熱く蕩けて、次に来るものを待ち焦がれているようだった。

「どうだ？」と訊かれて、「熱い……」と返す。

「ずいぶんとやわらかいな。自分でいじったのか？　それともほかの男を知っているのか？」

ありえないことを言われて、悠宇は必死に頭を振る。

有働の目は笑っている。悠宇にそんな経験などないとわかっていて、揶揄《からか》っているのだ。

「ひどい……」と悠宇が顔をゆがませるのを、満足げに見ている。平素フレームレスの眼鏡の奥に隠した嗜虐性《しぎゃくせい》を、悠宇の涙は充分に満たすのか、あるいは煽《あお》るのか。有働はひどく楽しそうで、たしかにこの男は闇の世界に身を置く者だと、悠宇は身をもって知ることになった。

上質なスーツに身を包んでも、硬質なグラスの奥に素顔を隠しても、その頭脳が事実インテリであったとしても、十代のころから暴力の世界を拳ひとつでのし上がった男の本質は、決して紳士ではありえない。

「あ……ぁっ、だめ……イ、ク、いっちゃ……っ」

自身の指と一緒に有働の長い指も埋め込まれて、感じる場所へ導かれる。

こんな場所をいじられるのははじめてのことなのに、後ろで感じることを教えられ、前には触れてもらえないまま、焦燥感を募らせる。

「有働…さ、んっ」

おねがいどうにかして、と懇願するも、耳朶にクスリと被虐的な笑みが落とされるだけ。

「玲士だ」

ちゃんと呼べたら褒美をやろう。

そう言われて、背後を振り仰ぐ。口づけられて、息苦しさに喘ぐ。

「玲士……さ、ん」

荒い呼吸に声を掠れさせながら、懸命に呼ぶ。本当は、ずっと呼びたいと思っていた。

「玲士さん……僕、もう……」

長い指に穿《うが》たれる場所から立ついやらしい水音と、背中に触れる体温と、もはや力の入らない自身の肉体を抱きかかえる腕の力強さと。

刺激に蕩けきった場所からは、そんな場所で感じるなんて思いもしなかった甘苦しい感覚が襲ってくる。

膝が笑って、腰に力が入らない。

肌をまさぐる指先に悪戯《いたずら》に触れられて、薄い胸の上でツンととがった突起が痛いほどにじくじくと疼いている。有働はそれをわかっていて、指先で捏《こ》ね、はじき、悪戯をしかけるくせに、決定的な刺激はくれない。そんな場所を疼かせている自分がおかしいのかと、泣きたくなってくる。

「いや……、ちゃん…と、さわ、って……」

いたずらに触れるだけの指先を追いかけて、力の入らない手で有働の大きな手を摑んで止める。

「ん？」と愉快そうに耳元に吐息が触れるが、それだけだ。

「玲士、さ……、……あぁっ！」

埋め込まれた指で容赦なくグリッと内部を刺激されて、細い腰が跳ねた。自分はこんなに乱されているのに、窓に映る有働の表情は変わらず冷静で、悔しさと切なさが募る。

もしかしたら、このまま指でだけ乱されて、その先を求めてくれないのではないか。そんな不安が襲って、悠宇は大きな瞳にじわり……と涙を滲ませた。

このまえは、「興覚めだ」と突き放された。

たとえあれが悠宇を自分から遠ざけるための有働の演技だったとしても、でもつらかった。二度目

まで途中で突き放されたりしたら、一生のトラウマだ。自分は必要とされていないのだと、思ってしまう。頬を伝う涙が生理的なものではないと、有働も気づいた様子で目を眇めた。

「泣いても許されないと言ったはずだ」

耳朶に歯を立てられ、許されると思うなと脅される。そんな最低なセリフに安堵する自分はたいがいおかしい。おかしくなければ、大組織の幹部に名を連ねる極道者に、愛人の末席でもいいからなんて言わない。

「許さなく…て、いい……からっ」

早く……！　と、ワイシャツに包まれた有働の腕に爪を立てる。

悔しいことに、有働はいまだ、悠宇の手首を拘束するネクタイを抜き取るときに襟元を乱しただけで、ベストもそのまま、たいして汗もかいていないように見える。

眼鏡をとり髪のセットを乱した素顔の有働は獰猛な猛獣の目をして、いまにも食らいつきそうに見えるのに、欲望の片鱗すら悠宇に見せてくれないのかと思ったら、悔しかった。

身体を捻り、括られた腕を伸ばす。ネクタイの拘束はそのままに、有働の首に輪っかのように腕をかけて、しなだれかかる。実際身体に力が入らないだけなのだが、それは甘え媚《こ》びるようなしぐさに見えたに違いない。

にじり寄って、膝で有働のそこを刺激する。ひどく硬いものに触れた気がした。

「玲士さん」

かすれた吐息で呼んで、キスをねだるように唇を寄せる。

冷静な判断力など、はじめて知る快楽の向こうにとうに押し流され、悠宇を支配しているのは、突き放さないでほしい、暴力的でいいから全部奪ってほしいという願いに近い欲求だった。

すぐ間近に、獣《けもの》の呻きを聞いた気がした。

「悪い子だな」

ひどく掠れ、艶を孕んだ声が揶揄する。

「どこでそんなことを覚えた」

俺は教えていないと、間近に見据える獣の眼差しが威嚇する。

腕の拘束を乱暴に外され、背中からベッドに転がされる。白い太腿を淫らに開かれ、穿たれた指が引き抜かれる。その刺激にも肌が震えて、悠宇は甘い声を上げた。

「自分が誰のものか、この身体で覚えろ」

犯される瞬間をちゃんと見ていろと言われ、頤を摑んで視線を上げさせられる。

有働に言われるまま視線を向けた先で、有働自身が晒された。力強く天を突く欲望が、悠宇の間《はざま》に突き付けられる。

「あ……」

自身のものとはあまりにも違う凶器としか表現のしようのない強直《ごうちょく》が、蕩け切った場所にあてがわれる。

それはまるで灼熱《しゃくねつ》の杭だった。

熱い……と感じた瞬間には、ズンッ！　と脳天まで衝撃が突き抜けていた。

「――……っ！　ひ……っ！」

背がしなり、白い喉から悲鳴が迸《ほとばし》る。

一気に最奥まで穿たれたと思ったが、違った。有働の大きさをはじめての悠宇は受け止めきれず、

「まだだ」と腰骨を摑んで引き寄せられる。さらに衝撃。

「ひ……ぁっ！　痛……っ！」

熱杭が腹を突き破るのではないかと恐怖するほど、奥まで犯された気がした。それだけで、全身をしびれるような喜悦が襲い、ビクビクと細腰が跳ねる。それを押さえつけて、有働は容赦なく腰を揺すった。

「あ……ぁっ」

馴染む間もなく、大きくて硬いものが悠宇の内壁を擦《こす》りあげる。硬い切っ先が感じる場所を抉って、声にならない声を上げた。

「ひ……ぁっ、あぁっ！　ダ…メ、それ……だめ……っ」

背筋を駆け上る感覚に恐怖して、有働の肩に必死に縋り、爪を立てる。容赦なく襲う衝撃にがくがくと視界が揺れ、痛いのか気持ちいいのかもわからなくなる。

「あ……ぁっ！　――……っ！」

あまりの激しさに、自分が達したことにも気づけないまま、声を上げ、白濁に白い腹を汚した。だが有働は、そんなことなどおかまいなしに、突き上げてくる。

達したばかりで敏感になった内部を、熱い情欲が蠢き、抗えない欲情を植えつける。

「い……や、だめっ、また……」

腰の奥から湧き起こる甘苦しい感覚。

埋め込まれた有働自身を、内壁がきゅうっと切なく締めつけるのが自分でもわかった。恥ずかしくて、視界が歪む。

「ここでイクことを覚えろ」

そう言って、有働は悠宇に見せつけるように、繋がりが解けるギリギリまで引き抜いた強直を、ゆっくりと埋め込んでいく。

抜かないでとねだるように絡みつく内壁の淫らさを味わうようにことさらゆっくりと埋め込まれる欲望が、悠宇の精神を焼き切るのではと恐怖するほどの快楽を生み出す。

「玲士…さ……玲士さ…んっ」

怖い……と、しがみつく。

「しっかりとつかまっていろ」

耳朶にささやく声。その甘さに気を取られた隙を突くかに襲った激しい律動に、悠宇は悲鳴を上げる。

「ひ……ぁっ、あぁっ！　や……ダメ……っ、も……っ」

突き上げ揺れる視界に映る男の、獰猛さを湛えた眼差しに射貫かれ、快楽に支配される。伸ばした手でワイシャツを引きちぎらんばかりにがむしゃらに引っ張ると、激しかった律動が中断された。

「や……いやっ、やめちゃ……っ」

ガクガクと震える痩身を舌なめずりでもするかに見下ろしながら、有働はベストとワイシャツを脱ぎ捨てる。晒された肌の温もりに手を伸ばすと、求めていたものがようやく与えられた。

抱きしめる腕。触れる肌の温かさ。

体温と一緒に、有働の鼓動が伝わり、それが思った以上に速いことを知る。穿つ欲望の熱量はますます高ぶり、有働がこの肉体を求めているのだと実感した。

「も…っと……」

ぎゅっと背にすがり、ねだる。

放置された肉体が、限界を訴えている。

「ひ……っ！」

膝が胸につくほどに身体を折り曲げられ、有働の欲望が最奥を穿つ。腰骨が折れるほどに揺さぶられ、もはや意味をなさない嬌声が悠宇の白い喉から迸った。

「玲士…さ……すき……大好き……っ」

だから、愛してなんて贅沢は言わない。愛人の末席に加えてくれるだけでいい。月一度、花を買いに来てくれるだけでいい。この身体で満足してもらえるなら、気が向いたときに抱いてくれたら……。

そんなことを譫言《うわごと》のように繰り返す。

「おまえのその偏った妙な知識はどこで仕入れたんだ」

呆れたような声が苦笑を零す。

「あ……あんっ！」

膝に抱き上げられ、対面で抱き合う恰好で、広い胸に抱きしめられた。下から穿つ欲望は力強く、悠宇の内部を穿つ。

「や……ふか、い……っ」

自重で最奥まで拓かれて、悠宇は有働の背にすがり、啼《な》いた。

「愛人でいいのか？」

耳朶に意地悪い声が囁く。

「末席でいいのか？」

本心を言えと唆《そそのか》される。

言ってもいいのか？　これ以上の我儘《わがまま》を口にしても？

そうか……と、悠宇は朦朧《もうろう》としはじめた思考下で考える。閨での戯れだ。寝物語になら、どんな我儘も許されるのだ。

「一番じゃなきゃ、いや……」

ようやく口にした想いも、「二番や三番がいてもいいのか？」と腰骨を掴んでゆすられる。有働の声は完全に面白がっているが、悠宇にはもうそれに気づける理性が残っていなかった。

「や……んんっ！」

甘い声が喉を震わせる。いやだ……と必死に頭を振った。

言うだけならタダだ、という気持ちで「ぼくだけじゃなきゃ、いや」と有働の耳朶を食《は》みながらねだった。

「恋人がいい」

快楽に犯され、理性を失った悠宇の可愛らしいおねだりにも、有働は喉を鳴らして愉快そうに笑う。

そして、大きな手で背を撫でながら、声音を変えた。

「俺たちの世界では、それを姐《あね》と呼ぶんだ」

覚えておけ、と耳朶に低い囁き。意味もわからないままにコクコクと頷くと、「いい子だ」と腰を撫でられる。

「朝までに、この身体をオンナにしてやる」

二度と異性を抱けない身体にしてやると、恐ろしい宣言をされる。でも悠宇は、「して」と蕩けた思考下で無自覚に返すだけだった。

有働が与えてくれるものならなんでもほしかった。

今だけかもしれないと、思っていたから。だから何をされても、どんなことを求められても、従う

だけだ。

「末恐ろしいな」と、白濁する意識下に、ひどく呆れたような、それでいて愉快そうな呟きを聞いた気がした。

「あ……あんっ！　――……っ！」

最奥を穿たれ、幾度めかの頂《いただき》に追い上げられて、広い背に爪痕を刻んだ。

首筋に食らいつかれ、殺されると覚悟した。痛みを凌駕《りょうが》する享楽に溺《おぼ》れて、悠宇は意識を混濁させた。


悠宇が、日常生活に戻れたのは、丸二日、軟禁されたあとのことだった。

ホテルの部屋を出る前に、封筒が渡された。A4サイズの書類がおさめられる、よくある茶封筒だ。

なかには、三通の書類。

一枚は冊子状になった契約書だった。サイン捺印《なついん》した覚えのない契約書。はじめて見る書類のはずなのに、悠宇自身の署名捺印がなされ、契約が結ばれている。

もう一枚は、権利書だった。

悠宇の実家の物件と土地の所有者名が書き換えられ、悠宇のものになっている。

最後の一通は借用書だった。

小難しい文章を要約すれば、悠宇が借金をしたことが記載されている。その内容に目を瞠って、悠宇は有働の思惑《おもわく》を理解した。

金を貸した人の欄には有働個人の名前。

借りた人の欄には、やっぱり書いた覚えがない自分の筆跡。

悠宇が、有働に借金を負った借用書、ということだ。だが問題は、記載された金額だった。

「イチジュウヒャク……」

桁《けた》についたゼロを数えて、悠宇は青くなる。

一生働いても返せない金額が記載されている。

つまり、実家兼店舗の家屋と土地を買い戻すために、悠宇が有働から多額の借金をした、という体裁が整えられているのだ。

一生逃れられない借金だと思った。

そして「あ」と気づく。

この借金がある限り、自分は一生、有働から離れられない。

そしてこれらの書類がある限り、悠宇が借金のかたに有働に囲われている、体裁がつくれる。

「僕、借金のかたに売られたんですか？」

書類を手に唖然と尋ねると、その言いぐさが気に入ったのか、有働は珍しく声を上げて笑って、それから「嫌か？」と訊いた。

「姐って言ったのに……」と夢現に聞いた言葉を恨めし気に持ち出す。有働は愉快そうに口角を上げて、「拗ねるな」と手を伸ばしてきた。

だるい腰を抱かれ、広い胸に包まれる。

「帰ろう、峻音が待っている」

丸二日も放っておかれて、完全に拗ねているに違いないと肩を竦める。

「僕のせいじゃありませんよ」

悠宇がふいっとそっぽを向くと、「ほお？」と不穏な呟きが落とされた。悠宇は薄い肩をビクリと跳ねさせる。

ひとつ大きな誤算があった。

フレームレスの眼鏡と上質なスーツの奥に隠されていた素の有働の獰猛さ。インテリヤクザの皮をかぶった武闘派だなんて聞いていない。

ホテルのエントランス。

車寄せには見慣れた車。

いつもどおり、ステアリングを握る武市と、助手席に鬼島の姿もある。開いた後部シートから峻音が駆け出してきて、悠宇に飛びついた。

重い腰に響いたが、抱きとめて、一緒に車に乗り込む。

「これからずっといっしょ？　ほんとう!?」

峻音は喜んで、悠宇の腕にしがみつく。その峻音をあやしながら、悠宇は助手席の鬼島に声をかけた。

「お強いのですね」と。鬼島は有働のボディガードだと思っていたから。廃工場で助けてもらった礼のつもりだったが、鬼島から返されたのは意外なひとこと。

「あれは全部社長です。先頭切って乗り込んでいく無謀さは昔と変わりません」

悠宇は唖然と傍らを見上げる。

有働の横顔が、どこか気まずげに見えて、胸の奥がほわりと温かくなった。

エピローグ

しばらくのち、商店街の外れからさらにもう少し外れた場所に、一軒家のフラワーカフェがオープンした。

季節の花を愛でながらコーヒーやスイーツをいただけ、花を買うこともできる。

店の奥にはちょっとしたスペースがあって、湿気をものともせずグランドピアノが置かれている。定期的にミニコンサートが開かれて、話題を集めていた。

店主は、まだ若い青年。

ときおり、店の表に高級外車が停まっていることがある。そういう日はたいてい、店の奥から可愛らしいピアノの演奏が聞こえる日だ。その日を狙って、ティータイムに訪れる常連客もつきはじめている。

店の表には、手書きの看板。——《花と珈琲とピアノ　木野宮》、それが店の名前だ。

あとがき

こんにちは、妃川螢《ひめかわほたる》です。拙作をお手にとっていただき、ありがとうございます。

またも書きすぎて、あとがきが一頁しかないとのことで、各所へのご挨拶だけ駆け足で述べさせていただきます。

イラストを担当してくださいました小椋《おぐら》ムク先生、お忙しいなか素敵なキャラをありがとうございました。ご多忙とは存じますが、機会がありましたら、またぜひご一緒させてください。

妃川の今後の活動情報に関しては、ブログかツイッターをご参照ください。

http://himekawa.sblo.jp/

@HimekawaHotaru
最近はツイッターをメインに更新していますが、相変わらず使いこなせないままなので、コメント等に対して反応が鈍くてもご容赦ください。実はすっごく喜んでます。

皆様のお声だけが執筆の糧です。ご意見ご感想等、気軽にお聞かせいただけると嬉しいです。それでは、また。どこかでお会いしましょう。

二〇一八年四月吉日　妃川螢

この本を読んでの
ご意見・ご感想を
お寄せ下さい。

〒151-0051
東京都渋谷区千駄ヶ谷4-9-7
(株)幻冬舎コミックス　リンクス編集部
「妃川《ひめかわ》 螢《ほたる》先生」係／「小椋《おぐら》ムク先生」係

LYNX ROMANCE
リンクス ロマンス

ヤクザに花束

2018年4月30日　第1刷発行

著者……………妃川《ひめかわ》 螢《ほたる》
発行人…………石原正康
発行元…………株式会社　幻冬舎コミックス
〒151-0051　東京都渋谷区千駄ヶ谷4-9-7
TEL 03-5411-6431（編集）
発売元…………株式会社　幻冬舎
〒151-0051　東京都渋谷区千駄ヶ谷4-9-7
TEL 03-5411-6222（営業）
振替00120-8-767643
印刷・製本所…株式会社　光邦
検印廃止

ISBN978-4-344-84218-2 C0293
Printed in Japan

幻冬舎コミックスホームページ　http://www.gentosha-comics.net